叛變

La révolte

Clara Dupont-Monod

克萊拉・居彭墨諾

叛變

楔子

我在母親眼裡看到了令我望之生畏的事。那雙眼眸裡滿是征戰、空堂和甲冑。她的憤怒感染著我，迫使我追求更好的表現。今晚，她來到我們身邊。她的裙擺輕撫過地面。此刻的我們猶如拱石，僵直著身子，斂聲屏息。讓我們幾個兄弟神經緊繃的，不是她的冷漠，他們早就習慣了不被放在眼裡的日子；更不是現場的肅穆之氣——任何和艾莉諾有關的事都離不開肅穆二字。此刻讓我們連一根寒毛也不敢動的，是她的嗓音。那輕柔卻語帶威脅的聲音命令我們舉兵反抗父親。

她說那是她養育我們的目的。我們在這裡，在阿基坦（Aquitaine），而不是英格蘭成長，為的就是讓我們記住她高貴的血統。再說，人們不都稱我為獅心王理查嗎？時機成熟了，該證明自己不負此名了。她說我們出生時都曾請來吟遊詩人為我們創作史詩，每個人各有一首。也說道今日我們所在的普瓦捷宮殿是我們孩提時代踏出第一步的地方，我們的曾祖父①在這裡保佑著我們，給我們力量。你們都聽過他的詩句和光榮事蹟。所以啊，孩

① 理查的曾祖父是「吟遊詩人公爵」威廉九世（William IX），那個時代最著名的創作才子，以當時法蘭西西南部的奧克語（langue d'oc）寫下許多關於西南部的生活與榮耀。

子們，你們是整裝待發的戰士。十四、十五和十六歲，該是動手的時候了。

她的一字一句都在我們的血液裡流淌，我們再熟悉不過了。亨利、若弗魯瓦和我，我們雖懷抱不同的心思，卻都將遵循她的旨意。可以肯定的是，讓我們三人共聚於此的只有一個念頭：我們有能力威脅艾莉諾，我們可以對抗她、攻擊她，唯有背叛，想都別想。也許我們的父親心裡也是有譜的。也許他的如意算盤是要直刺母親的心扉。這個想法讓整個國家如冰封般陷入僵局，因為我們面對的不是兩個夫妻的個人恩怨，而是兩隻準備廝殺的猛獸。而身為孩子的我們，只能是他們玩弄於股掌間的玩具。

母親滿懷自信。我打從心底信任她。這份自信源於她的出身，她是在奢華的生活與書香中成長的阿基坦女公爵，祖父的記憶伴她成長，他可是當時最著名的詩人。絲綢和知識在她眼裡並無二致。她年紀尚輕就緊握治理公國的權力，領主的叛亂、土地的收成、邊界的劃定、爭端的平息……艾莉諾珍視這份權力，對阿基坦公國內穿梭於任何一個小村莊的溪流都瞭若指掌。那片土地就像嵌在她皮膚裡的珠寶，一顆能量強大的寶石。阿基坦：這三個字代表的是一片廣袤豐饒的土地，領土範圍自普瓦圖（Poitou）延伸到西班牙邊境，還包含利穆贊（Limousin）和奧維涅（Auvergne）兩地。這樣一塊領地的領主權力甚至更勝法蘭西國王。這件事聽來或許奇特，但在我這個時代，領地夠大的貴族便能比王室擁有更大的勢力，因此，法蘭西國王路易七世必須迎娶艾莉諾。認識她的那一天，他便如痴如狂地愛上了她。那一年他十五歲，而艾莉諾十三歲。國王擁有一顆純潔的心，但這項特質從未讓艾莉諾心動。接下來十五年間，身為法蘭西王后的她感到生活枯燥乏味，沒給路易誕下任何男性子嗣。她喜愛文學，而他衷情福音；她沉醉宴席與戰爭，而他要的是和平與對話。她信奉權力，而他敬仰上帝。

她設法解除婚姻關係，沒有任何王后做得出這種事，從來沒有，就像沒有任何妻子會反抗丈夫，但我的母親開了先例。這項決定絕非鬧孩子脾氣。離婚後，她立刻把心思投向一個比自己小十一歲的男人，亨利·金雀花（Henry Plantagenêt）。這個男人需要一片廣如阿基坦的土地。他將成為英格蘭國王，我的母親也將再次稱后。這段婚姻中，她產下許多孩子，其中包括亨利、若弗魯瓦和我。

這段摘要宛若教堂裡耀眼奪目的彩繪玻璃。一對統治著英格蘭與阿基坦的王室佳偶、英勇的子嗣……兩人互相抗衡，父親大多時候住在英格蘭，母親在阿基坦，而我們這些孩子則習慣了來回於兩地之間的日子。可是在這光鮮亮麗的表面之下有道裂縫。那裂縫如此之深，把母親困在暴力、仇恨與怨懟之中。

母親出嫁時，為了保有對阿基坦的掌控權，與父親締結了協議。婚後，她承諾那片土地將成為他權力的象徵，而作為回報，他必須保證絕不干涉母親在阿基坦的自主權，甚至必須讓貪慕權力的她參與英格蘭的統治決策。這項協議相當合理。然而到頭來，無論兩人再怎麼出色，終究沒能逃離背叛與報復這種既落俗套又可悲的劇碼。

在自信心的驅使下，她堅信做了最好的選擇，把自己嫁給了一個無害的人。然而，這位金雀花國王很快就併吞了整片土地，把阿基坦視為英格蘭屬地，把她的土地納入自己的王國。他無視反抗的聲浪如水漲船高，恣意插手貨幣、司法、語言、商務、漁業和林業等方方面面的決策。阿基坦的貴族們立即對他心生怨懟。父親對此毫不在意，曝露專制、獨裁、貪婪的面目。而我的母親則淪為一張年年隆起的肚皮。

母親在意識到自己錯看良人後，只能指望著給長子加冕。這個長子和他的父親同名，都叫亨利。她的如意算盤是藉他的名義重掌大權。我們身邊的貴族為了確保江山永不變色，經常習慣先加冕自己的孩子。他們會讓繼任者行使權力，成為人民眼中合法的統治者。然而，這麼做的前提是父子必須同心。金雀花國王同意加冕亨利，卻不讓他掌握實權。他再次背信，一人獨攬大權，不願放手。他屬於那種雖有眾星拱月卻孤獨的王者，聽不見遭掠奪的公爵們怨聲載道，也聽不見我們的憤怒。他要所有人對他言聽計從，這般雄心壯志就從母親婚後送上的阿基坦開始下手。金雀花國王正在重畫他的江山版圖。艾莉諾就是他通往榮耀的一步。

如今，復仇佔據了母親所有的心思。打從她宣告要舉兵反抗金雀花那天起，就日日在普瓦捷城堡的大廳裡徘徊。艾莉諾走著，以將軍之姿邁步，腰上的長皮帶隨裙擺躍動。由於她諳習多國語言，我經常見到來自遠方的信差、密使和新加入的盟軍前來覲見。他們在她的腳邊疊上一箱又一箱的金子，而後便會有人以牙咬鑑定純度。我們低聲談論。詩人再也不敢在他們的房裡練唱。

清晨，我發現母親站在大廳裡的桌前。日光穿透窗戶，射進室內。艾莉諾站在兩道漂浮著灰塵的光帶間，光束連著天花板與地面，與母親在地圖上畫出的界線相互呼應。從北海到庇里牛斯山脈是父親的帝國。這之間沒有比他更強勁的對手。

艾莉諾的手鐲敲在桌板上，發出清脆的聲響。她盤點著盟軍的據點，估量各點的距離。我看見她纖細的手腕上覆著一層絲綢，遮著髮髻的紗布垂墜在背上。有個畫面突然自回憶中湧現。同樣的身影俯靠在我們的嬰兒床邊。這個身影對家裡的每個孩子來說都代表不同的故事。她悅耳的聲音繞梁，在阿基坦的山谷深處迴響，串起了大雪紛飛的白晝與聖約翰②的黑夜，揉雜著搖籃曲和戰歌。光陰荏苒，但她的低吟依舊，在我們的心裡成了以聲音和影像交織而成的護身符。而那影像就來自我今晨凝望的臉龐，長睫毛尖端上的眉頭永遠緊鎖的臉龐。

母親並不知道我在一旁觀察她。她緊繃的身軀微微前傾，全神貫注在進攻的方向，自成一股攻擊力。我們自小就明白，她的愛能滙成一股力量，隨時準備爆發。這股力量讓我們感到安心。

她挺直了身子。我嚇了一跳。一如往常，我同時感覺到恐懼與力量朝我襲來。她示意要我過去。我知道她要說什麼。我們的談話主題永遠圍繞著起兵的日子。她會提起父親。這個多年來令她困擾、讓她心懷怨恨的人。每一個官方的場合上，她無視宮廷之人，無視人潮洶湧，眼裡只看得見他，那位金雀花國王。她那對灰色的眼眸裡不再有我的位置。這麼說也許顯得可笑，但有時我的確希望她也憎恨我。

沒有必要期待她關愛的字句，她是說不出口的。但我並不因此感到悲傷。我生在一個惜字如金的年代。她也是如此，視言語為珍寶，絕不隨意傾出，更不用說挪用與誤植。若所有人都肆無忌憚地發言，有朝一日言詞就再無輕重之分了。此時，任何一個字都有千鈞的重量，關乎著生與死。騎士恪守對女性的承諾，付出生命也在所不惜；領主遵循誓言；戰爭與和平僅一言之隔。總而言之，一言既出，駟馬難追。這就是為何艾莉諾不曾對我們吐露任何甜言軟語。她太了解言詞的價值，不敢輕易濫用。總而言之，母親從未卸下防備。她就像站在懸崖邊的人，多疑、緊繃、心門深鎖。

因此，她用另一種方式表達心意。我發現每次參加訓練，她都會請來藥僧待命。他會帶上鼠尾草膏、馬鞭草膏、牛蒡膏和其他強效配方，以備不時之需。至於我的姐妹，母親

② 聖約翰，Saint-Jean，指的是天主教的傳統慶典聖約翰日（fête de la Saint-Jean）。一般都會在6月24日，也就是夏至左右的夜裡點燃大火，象徵夏日的到來。人們會圍繞著火唱歌、跳舞，直至清晨。

也為她們準備了來自巴格達的緞帶，緞帶的質地細柔得彷彿能溶進髮絲之中。大哥準備上獵場？一套前一天夜裡才以新鮮皮革製成的嶄新馬鞍已備好。這就是母親的溫柔，不在隻字片語，而是藏在這些心思裡。

她對我最大的關愛也表現在一個決定上。她把阿基坦給了我。當時，艾莉諾感受到父親對她的威脅，便讓我繼承了這塊土地，由我來守護它、昭顯它的光榮。那年我十四歲。我步入普瓦捷的聖希萊爾（Saint-Hilaire）教堂，白色的拱廊張開雙臂護我入殿。主教呈上寶劍，把戒指套進我的手指，並為我佩戴馬刺。自此我便有了阿基坦公爵的名號。我以洪亮的聲音跪地宣誓：「扶起那毀壞的，守護仍屹立的。」我感到欣喜若狂。事情按部就班地進行，而我也順其自然。母親為我預留了一個位置。

而後，她對我講述了這塊土地的故事。她要與英格蘭劃清界線。「理查，迎接你生命的搖籃是一片沒有靈魂、多雨而悲慘的土地。那裡的人不解風情。」

阿基坦的亡靈會漫遊於鄉間小路，沸騰的噴泉卻沁涼清新。我學會了信仰。我們的脖頸上掛著自沼澤拾來的溪石，我們飲水思源。福音傳遍鄉野，這裡的人把天空的顏色看得和水蜜桃一樣重要。我們喜愛自然，並學會讀懂它。如今，我已識得椴木的樹皮，知道何時可以取其纖維製成井繩，也能識別教堂鐘響與它們的稱呼。

阿基坦人的血管裡流著叛逆的血，也許是皇室慣習，攻伐土地是我們的日常消遣。我擊退所有挑戰艾莉諾權威的敵人——征戰是我唯一會做的事。我像個天真的孩子，因為被選中而感到驕傲，拿著她的印章四處招搖。

而原本形形色色的生活，如今卻只剩一場戰爭。

有時，我能抽身剖析這場災難。我捫心自問，是否應該執行她弒父的決定？為何父親總是把自己的意志排在我們之前？把家人逼至起兵反抗意義何在？諷刺的是，維繫這個家的正是憤恨的情緒。大哥和我的性格迥異。我的個性衝動，亨利則是桀驁不馴……我在感情上逢場作戲，好鬥而孤僻；他則渴望迎娶一位公主，好論道而棄武，更喜歡與朝臣四處招搖。我們的差異從一個小細節上便可窺知：我喜歡捕獵野豬，而亨利對此嗤之以鼻。他偏好獵鹿，王者的象徵。野豬醜陋汙濊，四腳扭曲。面對牠們，必須近身相搏，鼻息相對。獵捕野豬必須派出狗將牠逼到絕境，但最後的對決仍是地板上平等的肉搏。野豬從不厭戰，相較之下，鹿天生膽怯，輕言放棄、任人宰割。每回我從獵場帶回野豬，亨利總是拒絕享用。

他對我的行為不屑一顧，彷彿這是一種下流的暴力。秉持著終將繼承王位的自信鄙視我。母親明白我們之間的差異，老早就做了打算。她刻意安排我和一個名為梅卡迪耶（Mercadier）的男孩一起生活。我見過他閃躲野豬的猛烈攻擊多次……他的兩個小眼離得很近，漂浮在寬闊的臉上，下巴方大、長髮油膩，雙手和除塵的拍子一樣大：梅卡迪耶就像童話裡的生物，成為我和人類之間的橋樑。他是個棄嬰，我們在普瓦捷的城堡外發現以草蓆包裹的他。母親認為這是命運的安排，預言他將成為身材魁梧、品性良善的好人，事實證明她是對的。梅卡迪耶是我夢寐以求的兄弟。他時刻追隨在我身後，細心周到、玩心甚重，也比任何人都要好鬥。他對我們的感激之情確保了忠貞無二的心。我從他身上學會了愛與分享。這對我來說是好事。梅卡迪耶有多麼果敢而忠誠，亨利就有多麼倨傲與輕浮。

我還記得某一年在英格蘭的聖誕節。當時我們大約十來歲。燭光照亮了整座城堡，宮廷裡的人緩步走來向我們致敬，他們的影子曲折癱軟地往牆上攀爬。厭惡各種儀式的父親看著領主們屈膝行禮，默默盤算下一個出征的土地。沒有實質權力的小王亨利身著金色條紋的襯衫，僵直地佇立一旁，時不時把眼神撇向父親，模仿他的儀態。那景象既令人動容卻又可悲至極。亨利目光低垂，父親則挺拔鶴立。他自命不凡，父親躊躇滿志。我的眼裡看見了統治者與王者之間的差別，趕緊轉過身去，尋找梅卡迪耶高大的身影。他站在一灘黑影之中，意興索然。

然而，自從開始聯手反抗父親的那天起，我和亨利的距離便拉近了一些。現在他會主動展示他的兵力，和我討論戰術、諮詢我的意見。他也不再對我妄加評斷了。我能感覺到潛伏在他的言行舉止之下的恐懼。我時不時會確認他的態度，畢竟沒有什麼比遭到羞辱的人更危險的了。母親這樣警告我：「面對敵人，或殺或縱，絕不能傷了他又留活口。受了傷的人將成為最大的危害。」

要是我得到了阿基坦，代表哥哥將一無所有。他曾被加冕為英格蘭國王，與一名公主締結婚姻……到頭來卻沒有得到任何實權。父親獨攬著大權。整個歐洲都看他的笑話。酒館、港邊，到處都傳唱著調侃他的歌曲。當王冠成了一只玩具，他又有什麼誠信可言？父親除了剝奪他的權力，也不給他一點尊重。因此，亨利多年來都在離我們很遠的那塊土地上懷抱著對他的怨恨過活。他在諾曼地圖克河畔的博納維爾（Bonneville-sur-Touques）過著自己的宮廷生活……或者該說是紙醉金迷的生活。由於父親反對，他沒有任何個人收入，只能從國庫中無度地取款。朝臣們想當然爾蜂湧而至，飲酒作樂。最後還是母親將他召回普瓦捷的。那些以傲慢的態度展現的悲傷，她一眼就能識得。

很久以前，我曾在池邊發現亨利正往自己臉上抹泥。他是我們之中最像父親的那個，臉型方正、紅髮、單薄的唇封著苦澀的表情。他跪在水邊，雙手捧起大坨汙泥，往頭上澆去，而後泥又成塊落在肩上。他發出公豬般的呼嚕聲。我並沒有停下腳步。

我必須坦誠，我們幾個手足的關係雖在這場叛亂中變得親密，實際上仍是單打獨鬥。七個孩子、七塊封地。儘管我覺得自己和大姐瑪蒂爾德走得很近，卻對她不甚了解。我們從小就學著提防彼此，等待父親給我們進一步的指示。然而，我們之中，除了么子外，其他孩子都沒有得到他的任何垂憐。約翰在一個聖誕夜裡降生於牛津冰冷的城堡中，當時母親已年過四十。自此，家裡共有四個兄弟了。父親出乎意料之外地疼愛這個孩子，甚至在他的頭上纏了繃帶，以免他受傷！從沒有人見過金雀花國王如此關照一個孩子。約翰儼然成了小王。這就是我們排擠他的原因。

我們本該一起長大，亨利本該教我如何管理財務，我本該幫若弗魯瓦擦亮他的匕首、幫姐妹們持鏡。特別是大我一歲的瑪蒂爾德，她的背脊挺直、雙手白皙，和母親十分相像。幼童時期的我總是想著要與狂風暴雨決戰。某天夜裡，她用那雙手遮住我的雙耳，為我擋去震耳的雷鳴。她感受得到我胸中翻騰的火氣，於是曲身靠向我。我吸嗅著她的髮絲，認出百合的香味。母親從前會在我們房間的地板上鋪滿這種花。

但對於金雀花國王，除了他教會我們尊重佩劍外，我沒有任何記憶。劍永遠不會背叛你，所以我把它視為唯一的朋友。總有一天，我們會繼承父親的一切，這樣的想法在我們的腦海中盤旋。然而我們對他的長相只有極為粗淺的印象。我們感覺得到內心對他的埋怨逐日增長。圍繞在母親身邊的阿基坦男爵們都在竊竊私語。進出宮廷的領主們也紛紛要求國王立即晉見，對他們貢獻的土地面積做出一點反應。然而，國王總是缺席。他總是四處奔走，確保自己掌握每一寸土地上發生的事情。而我們這些王子則得看著一個缺席的典範成長，以一個幽靈般的父親為榜樣。在名為未來的五里霧中，母親是我們的明燈。身為王后的她必須在王國內不斷更換住所，英格蘭、法國、康城（Caen）、尼歐赫（Niort）、法萊斯（Falaise）、普瓦捷，無論到哪裡，她總是把我們帶在身邊，照看著我們。

我說過，她吐不出溫柔軟語，也沒有任何輕柔的撫摸。我們很早就明白了一件事，母親的快樂總是伴隨著威脅。因為害怕失去，所以從未擁抱她的孩子。她總覺得危險就蟄伏在某處，擔心失去珍惜的事物。受過傷的人總是如此。然而，我們還是可以從細微之處感受到母親的愛。某天，我問母親，為什麼從不來看我的打鬥訓練。我自認表現優異，而且也明白她對戰士的重視。她抬起手，我也下意識地低下了頭。正當我不知該如何是好時，母親開口了：「我什麼都敢看，除了你的血。」艾莉諾在我身旁，擁抱的動作停在一半，我有股衝動想伸出手，最後當然還是什麼也沒做。這無聲的承諾來自一顆充滿疑忌的心，只要能聽見它跳動，我就滿足了，也正是這份心意給了我敘述這段故事的勇氣。

叛變之前

一一五二年四月，十五年前的一個慶典上，普瓦圖人在廣場上圍成了一圈。他們的聲音響起，滿是喜悅，唱出了這首歌的首段：

晴朗的日子到來，
爲了再次感受歡樂，
爲了讓忌妒的心感到煩惱，
皇后要所有人知道她已墜入愛河……

歌聲繚繞而上，直至高塔之巔，又雀躍著穿過大街小巷，如女孩腰間繫著的絲帶般輕柔，至今都還在我的耳裡迴盪：「Regina avrilloza! Regina avrilloza!③」

一聲聲「四月皇后」叫的是我的母親。

那時她剛和法國國王離異。

③ 此為奧克語（langue d'oc）。

市集上、水井邊，乃至更遠處，氣喘如牛的信差奔波著傳遞這則消息。皇室的議事廳內評論不斷，消息傳入各處修道院，有如暴風般漫天蓋地。權貴人家緊閉雙唇，但市井小民可毫無畏懼。艾莉諾始終深受人民愛戴。人們為她舉杯，一一五二年的四月將成為女性光榮之月。人們想像她騎在馬背上，在鄉間的小路上奔馳，把首都和國王留在身後。事實也真是如此。艾莉諾在教會的支持下成功結束了這場婚姻，拋棄了路易七世和皇后的頭銜。從來沒有女人敢這麼做。

坊間議論著路易七世將就此一蹶不振。他曾那麼小心翼翼地過日子，只求她的一個眼神。他違背了自己的信念，結果卻是一場災難！虔誠的路易④、單純的路易，為了討妻子歡心，燒死無辜民眾、搞砸一次十字軍征戰，雙手因此染上了黑色的血。而她卻騎著馬乘風而去。

諫臣們建議他另與西班牙締結姻親，但路易心裡只有母親。儘管他滿心妒嫉，儘管有位時時刻刻與他針鋒相對的少年陰魂不散，他還是祈禱母親平安。這位少年就是金雀花，諾曼地公爵與未來的英格蘭國王。

少年幾個月前第一次在宮廷的宴會上現身，向母親微微彎腰行禮。母親挺直了身子，提高戒備。但她的淺笑騙不了人。

路易當場就明白了，甚至省去了和艾莉諾確認的程序。夜裡，他的雙眼不曾闔上，仔細聽著妻子規律的鼻息，想著那個即將取代他的少年。他的失敗將掛著一朵花的名字。金雀花國王的體形矮胖、貌如雄獅、野心勃勃，是個可畏的戰士，正好與路易高大、削瘦、金髮、眼神溫和的形象形成對比。

恢復單身的艾莉諾在鄉間馳騁，心裡想的是那位名為金雀花的男子。剛擺脫法國國王的她若立刻再婚，未免過於心急……但她很清楚，這個人將成大事。他比自己年輕，那又如何？他將成為英格蘭國王，這件事在她眼裡無庸置疑。她已下定決心，那人將會是她再婚的對象。而他，想當然耳會接受這項提議，畢竟她將奉上整個阿基坦公國。未來的日子看似幸福。艾莉諾芳年三十，忠於自我。她無所畏懼，路易將會再娶，兩人之間再無瓜葛。普瓦捷的生活正在前方等著她。她的身邊有多名騎士陪伴——無論母親身在何方，總是被

④ 路易七世是虔誠的基督徒。

男人圍繞著。路易對此無法忍受，但父親卻不同。

澄黃的田野間，農人的身影挺直又隨即彎下，馬車也靠邊讓行。艾莉諾騎馬的英姿不亞於男子，巴黎的宮廷對此頗有微詞。她的髮髻撞上後頸而鬆開，以金色別針固定的披風揚起。她哼著曲子，內容大致關於太陽與重生。

她想在布爾瓦（Blois）稍做停留，那座城市慶祝聖枝主日⑤，母親為此感到歡喜。這些年的婚姻生活，待在虔誠的路易身邊的她，體內的阿基坦血液幾乎要乾枯了。她的血渴望人群、音樂和華麗的門面裝飾。她厭倦了平靜。明天，母親將混入圍成圈的人群中喝酒。她會盡力不被牲畜絆倒，特別是豬——母親對豬有特別的情感，牠們是最早定居阿基坦的居民，也是我們日常的一部分。我們熱愛這種生物，甚至賦予牠靈性，也會在審判庭上質問牠。一般來說，母親是喜歡動物的。她識得鳥的名字，無微不至地照顧馬匹，宴客時也總是為狗兒留下一份餐點。母親最愛的節慶是在深冬時節舉行的驢子節，這一天，人們會把驢子牽到教堂的祭壇上，為牠披上華麗的披風，圍觀者則紛紛發出驢叫……接著，驢子會被隆重地請出教堂，群眾便圍著牠起舞。人們無視教士們的譴責，母親也熱衷於這樣的活動……明天，她也會在布爾瓦看到驢子，牠們將被歡樂的人們牽著在整座城市裡漫步。

他們的臉龐被彼此手上的棕枝劃過，他們的嘴裡滿是歡歌。我從母親那裡遺傳了對鄉間民宿、大聲擾攘的小民和敞開的胸衣的愛好。人人都要我趕緊找個對象結婚，但我偏好留連於妓院裡那些說著甜言軟語、任人撫觸、拿著酒杯笑臉迎人的女子之間。

艾莉諾朝著香檳伯爵提奧巴（Thibaut）的城堡奔去。他給她寄了一張邀請函，艾莉諾暗自嫌棄封信用的蠟印過於傲慢，不過基於對慶典的嚮往，她還是接受了邀請。她將在那座城堡裡過夜。

艾莉諾的軍隊來到城下。突然，她繃緊了神經。壁壘下的士兵過多。她感覺到了緊張的氣氛，感覺到士兵們正在等待某種信號。會是什麼樣的信號？士兵們為何配戴著盾牌？盾上印的是伯爵的徽章，八支箭排成的星型。頭頂的樹枝吸引艾莉諾的注意力，她發現城牆上有個裂縫。一個身影自槍眼後抽身離去。艾莉諾緩緩向護城河吊橋移動，悄悄探出縫在胸衣側邊內裏的刀片。這個技倆來自她的祖父。（而後我又把這個小技倆改得更出色。

⑤ 聖枝主日（Dimanche des Rameaux）為基督教慶典，紀念耶穌進入耶路撒冷城的情景，也標誌著聖週之始。

只要有敵人壓在我身上，對方的重量就會讓刀片彈出，刺入他的心臟。）

她和座騎停在廣場中央，雙腿夾緊馬肚，腰身直挺，下巴微微向側邊抬起。她銳利的眼神環顧四周，沒有放過任何一個角落。獵鷹在空中盤旋，展開四月的第一次獵捕。冬季出生的小牲畜們很快就能踏出門外。然而……艾莉諾以眼角餘光掃視，路上的狗焦躁不安，烤麵包的窯子前站著士兵。視線之內不見任何孩子，也許被大人趕回家中了。井邊也沒有婦女。牆邊沒有武器等待上油，熔爐裡沒有火。艾莉諾找到了馬廄。馬匹後方一扇小門通往一座狹窄的石橋，過了橋就出城了。然而小門上蓋著一片木板。艾莉諾示意要隨從後退。提奧巴伯爵頂著笑顏敞開雙臂出現時，她突然回轉。男人們來不及反應便聽見一陣馬嘶，揚起的塵土刺得他們睜不開眼。提奧巴的笑容瞬間凝結。他試圖說些什麼，幾乎就要衝上前。然而，為時已晚。母親已策馬離去。

夜色籠罩在榆樹之上。森林裡，圍成圈的男人高舉著火把。提奧巴的一位將領跪在艾莉諾面前，雙眼矇起，一把劍峰指在他的背上。他供出了伯爵企圖劫持艾莉諾再強娶她的計畫。她的直覺是對的。一地的領主可以劫持婦女，強迫締結婚姻並取得對方領土。因此艾莉諾對此並不感到驚訝，畢竟她擁有普瓦圖和阿基坦。丘陵、沼澤、海岸和葡萄園，娶了艾莉諾就能獲得這片夢土。無怪呼眾人趨之若鶩。身為一個狩獵者，她知道自己是肥美的獵物，這也是她的悲劇與怒火之源。

天還沒亮，她已準備好動身。昨晚的那名將領魂不守舍，癱軟的身軀仍被綁在樹上。

隔夜，艾莉諾派出手下探查前方消息，並帶回了凶訊。騎士們正在紮營，侍女給艾莉諾整理頭髮。信使屈膝道來。維埃納（Vienne）與克勒茲（Creuse）相交之處還有一個陷阱。這次又是誰要劫持艾莉諾？信使垂眼。一名十六歲的貴族。來自哪個家族？金雀花。母親眉角上揚，眼神冷淡，笑容卻饒富深意。那人是她未來夫婿的親弟。這名青少年妄想強娶艾莉諾，逼得哥哥猝不及防。她笑了出來。不，她從不笑出聲。但當下那情況對她來說實在太可笑了。

我從未見過這位叔叔。反正我也沒興趣。然而，這件事是個預警，顯示父親的家人喜歡自相殘殺，就像繪圖師畫在字母上委蛇的蛇。母親教我莊重、守己，以及為家族自豪。但父親完全不顧這些。

艾莉諾決定往北涉水渡過維埃納。她急速奔馳，絲毫不做停留。夜裡，大家圍坐在篝火旁吟詩，搭起絲質的帳篷。入睡前，母親偶爾會請騎士入帳。

有天，馬匹飲水時，母親被眼前的景象震懾而呆立。她看見幾個往農舍走去的農夫。一路上，他們低下身子反轉石子的方向，再向前行，直到推開農舍大門。母親深吸了一口氣，她已踏上自己的土地了。那是家鄉的習俗。這裡的人前往病患家裡時會沿路反轉石子，若能在石子下方找到活生生的動物，病人便能安然度過此災。從那些農人輕快的腳步可以推斷，也許他們找到了一隻毛毛蟲或螞蟻。母親脫下帶著金扣的披風，命令侍從送去，作為新生之禮。

普瓦捷的屋瓦總算映入眼簾。一行人停下腳步，望著彼此。那是疲憊、是感念、是勇氣，是沒有記憶的旅人投射出的眼神，是不得不抵達一座城市，踩在它的門檻之上的勇氣。這眼神艾莉諾識得，她也經常以同樣的眼神回敬。沒有人會注意到她的馬匹沉沉地跌坐在地，她的雙眼疲憊泛紅，她的衣服上鋪著一層赭紅色的灰。一列隊伍前來迎接，她唱出了祖父——吟遊者威廉的詩句：

田野上的花又開了，
果樹綠了，
溪流與噴泉、微風與氣流
帶來了歡樂；
人人都該領略這愉悅的滋味……

艾莉諾套上刺繡綢衫，在眾人的簇擁下前行。

他們情緒高漲，群眾紛紛靠向牆邊。路上鋪了地毯，人手一束鮮花——是百合，數不勝數的百合，她對百合的鍾愛眾人皆知。樂團奏著她喜歡的曲子，歌誦她是「我們的領主」、「美人」、「高貴的女士」或「雲雀」：這一刻，她既是征服者，也是一隻小鳥。人們高呼著她的名字。艾莉諾忘卻疲憊，沉醉在歡慶之中。她握起民眾的手、接下一籃又一籃的鮮果，撫摸父母遞上前來的嬰兒的頭。她望向廣場另一端，看見忠誠的執政官站在宮殿門下，毫不掩飾欣慰之情。她回來了。自由的感覺讓她暈眩，她暗自許諾今生不再犧牲這份自由。

她走進城堡，就像見到一位許久未見的老友。城堡前的廣場、拱形的高門，而後是中庭，每一步她都再熟悉不過。她走過小教堂、馬廄，最後來到那座雄偉的方塔前——她的塔。侍從與士兵在敞開的雙開門前列隊歡迎。艾莉諾走進裡頭，深吸了一口混著百合花與乾草的空氣。寬大的橡木桌前，爐火正劈啪作響。兩座木梯迴旋而上直至天花板。廚房裡逸出烤雞的香氣。

一名信使就在這靜謐的餐廳裡等待她的歸來。那是法國國王遣來的。路易問候她，想知道如今他們一起度過的那幾年對她來說有沒有意義，也想了解她接下來的計畫。信使並未提及的是，兩人離婚後，艾莉諾再次成為阿基坦女公爵，也就是路易的附庸。她必須服從國王的指令，並回答他的提問。路易知道她並不在意，但更重要的是他太愛她，以至於無法將這種規矩強加在她身上。他也知道她心裡想著金雀花，但同樣不想點明。這封信很完美，既保有他高貴的形象，也帶著他刻意抑制的痛苦。直到今日，每當有人辜負我的心意時，我便會攤開這封信。信件仍保存在原本的皮套裡，安好地躺在一只箱子深處。

整封信裡不見流言蜚語的影響，可見他多麼努力裝聾作啞。畢竟流言早已滲透到每一個角落，上至宮廷、下至妓院，全都議論著她和……金雀花國王的父親之間的不倫之戀。

教會裡的人大聲斥責這件醜聞，路易也為此難以入眠。他身邊的弄臣以刻薄言論安慰他：「陛下，這件事對您來說並無損失，您說，人們會如何稱呼一個和未來的公公牽扯不清的皇后？妓女、惡魔、女人？她是遭上帝遺棄的、被詛咒的人。您看她的生育能力如此差勁，不就是報應嗎？十五年來她從未誕下王位的繼承者！她挑起戰爭和瘋狂，貪權戀棧、飲酒作樂，耳朵裡只聽得見詩句：有人會喜歡這樣的人嗎……？」

當然有。路易和我就是最好的證明。前夫與最愛的兒子：絕佳的二人組！我們和她的關係最為密切，都以艾莉諾為中心打轉，路易在他十三歲時認識她，而我，我身上流著她的血。童年與母性，女人最大的兩個祕密都有我們的參與。這種特權讓我們成為她最堅固的壁壘。

光榮回歸後幾天，一名農婦帶著包裹來到普瓦捷的城堡內。她顫抖著，請求緊急晉見女公爵。女子跪在皇室大廳內打開了包裹。她低下頭，伸出雙手拿出一件屬於母親的衣物。是那件披風。路上遇見的那名農夫逝世了。「他很努力打擊病魔，」農婦啜泣，「但終究沒有成功。」

一一五二年五月十八日，母親與金雀花完婚。關於她的流言又起。她將成為女巫、妓女、公公的情人，所以呢？她把自由灑向世人的臉龐。距離她和路易離婚僅僅兩個月。想當然耳，她並沒有徵求路易的許可。據說得知此消息後，路易把自己關在城堡內的小禮拜堂裡鎮日祈禱。

普瓦捷的教堂鐘聲響徹雲霄。我的雙親牽著手走在陽光下熠熠生輝的石板路上。他們的雙手剛剛在頭紗下緊握，說出了彼此的誓言。父親一個動作將艾莉諾拉到身後。他向前行。這位婚後得到了新稱號的阿基坦公爵獨佔著光彩。居民檢視著眼前這位身材短小厚實、頂著橙色鬍子的男人。父親的身上難得沒有盔甲，而是一件絲質的綢衫，上頭繡著張牙舞爪咆哮的金獅。在一片靜默中，那樣的圖案顯得格格不入。父親掃視整個廣場，並微微頷首。他不懂阿基坦人不吃敬禮這一套。廣場上沒有任何動靜。身為一個不甘於人後的女人，艾莉諾向前踏了一步，彷彿像是主角登場：一對明眸因頰上的胭紅顯得更大，鮮紅的唇彩和身上的華服相映，皇冠上的亮彩與纏繞在髮絲間的金絲交融。這時，一陣熱烈的歡呼響起。群眾高抬雙手，有如豎起尖毛的動物。旗幟展開：仍是一隻獅子，但這一次換成了紅色，獅尾扭曲向上猶如飛龍——是艾莉諾的家徽。男人高舉酒杯，音樂家高抬樂器。一些有著灰色眼眸和稻桿做成的頭髮的布偶自人潮中湧現，鮮花有如瀑布自窗邊傾洩而下。母親把一隻手放在胸前，向大眾致敬，並拋出手中的金雀花。

這一次，她被比作桂尼維亞（Gwennyfar）⑥，一個身陷黑暗、最後被王子拯救的女人。小時候，母親經常吟唱這則傳奇故事給我聽。她也是在兒時聽到這則故事的。我知道桂尼維亞這個名字的意思是「白色幽靈」，也明白母親對她情有獨鍾。因為她知道，這種事只存在於傳說之中。她知道公主並沒有得救，而是終其一生依靠一個決定過活。母親對宮廷詩人的要求只有一個，為她唱出不一樣的人生。因此，所有的詩歌都歌頌她的美貌、勇氣與野心。但她明白，美貌會枯萎，勇氣需付出代價，而野心，當它在腳邊腐朽時，將成為智慧。多少個不眠的夜裡，我聽見她請來吟遊詩人，下達命令：「唱一些不存在的事。」

⑥ 桂尼維亞 Guinevere，威爾斯語寫作 Gwenhwyfar，是傳說中亞瑟王的皇后，因為與騎士蘭斯洛的私情而飽輿論譴責。

畢竟在一首詩的時間裡，唯有文學能扭轉命運。

富裕的皇后、富裕的國王，
不知苦痛、不識憤怒、不明悲戚。

吟遊詩人這麼唱著，心裡卻明白地很，艾莉諾就是憤怒與悲戚的化身。正因為父親不願她成為一名高貴的女士，他們更為這位「比女士崇高」的皇后高歌。

然而，這個五月天裡，站在大教堂前的她是幸福的——母親，一顆飛揚的心！她當時帶著什麼樣的眼神？用什麼樣的聲音說話？當時的她愛著父親嗎？那是她今生第一次相信一件事。她信任這位新的夫婿，也相信他們有耀眼的未來——兩人初次見面時，她就這麼認為了。他將成為一國之君，無庸置疑。也將會是一個好父親。他會遵守承諾，絕不干預阿基坦的政事。

眼前這位摟著她的腰，和她一同站在廣場上的，是個有為的將領，他孜孜不倦、英勇善戰、知書達禮，更重要的是，他將恪守諾言。艾莉諾對此深信不疑。她並不認為這個人獨裁，也不認為他會覬覦自己的財產。

艾莉諾心裡清楚，他比自己年輕，所以她會是領舞的人。這將成為她一生中最大的錯誤，但當時的她並不知道。她還不知道，這個男人將與她平起平坐，而悲劇便是自此而生。另一方面，我的父親也一樣天真。這一天教堂前站著兩隻猛獸，兩人都以為將制服對方，然而，事實上正是因為兩人過於相似，不相上下，所以將成為致命的死敵。那一刻，母親對著整座城市展露笑顏，那只為我父親而生的笑容，我怎麼也無法想像，而父親也從未明白那笑容的價值。

§

母親的美夢在婚後兩年幻滅。

一一五四年的一個冬夜，她在科唐坦角（Cotentin）的巴弗勒港（Barfleur）等待登船。她的雙臂裡抱著大約在婚後一年出生的孩子。孩子名叫威廉，是她從未給路易生下的男孩……而她的肚子裡還有一個小生命。

船員觀察了天候。雲層很低，海水的水位低落，代表他們註定無法如期渡海。父親反對這項提議。幾個星期來，他不斷咒罵海風。然而，變幻莫測的大海並不能阻擋他前行。命運正在對岸呼喚著他。英格蘭的內戰結束了，正等待新王即位，他語氣堅決地說著。他將以救世主之姿登岸。他將驅逐侵略者、拆除冥頑不靈的領主非法建造的城堡、收回皇家的土地，並發行新幣。他承諾以強權和正義統治，如他所說「有錢人的貪婪不得觸及窮人的財物」。而後，他還會取下愛爾蘭、征服威爾斯和……阿基坦。他想要統一整片土地，以同一套法律治理，他認為這麼做會比分散的領土強大。當這一切都完成後，當他的影子也覆蓋在母親的土地上時，他將傲視整個帝國。

金雀花王大步邁向碼頭。遠處的天際畫出一抹黑影，他迅速轉頭擦出一道火花，斬釘截鐵地下達登船的命令。他無視夜色將至，無視幼小的威廉，也無視懷有七個月身孕的艾莉諾。諾曼地的公爵們紛紛勸阻，他的回應卻是十二月六日為聖尼古拉日，而聖尼古拉正是保佑水手與旅人的聖人。

船隻航行在大海之上，閃電劃破天際。他們上有大雨滂沱，下有波濤洶湧，側邊則是冷冽的強勁陣風。這場風暴來勢洶洶。

水手長已無力操控船隻，只能任其漂流。甲板上的父親嘶吼著，沒有人聽得進去。雙眼被雨打溼的水手們祈求上蒼憐憫。船身有如皮球般任大海拋擲，大浪四起，打在船上、掃過甲板，猶如自海洋深處吐出的白舌。船上的人墜落、攀附、消失。一名水手呼救。他的身體在船側擺盪，一隻腳被繩索纏住而倒吊著。海水如刀削過他的身軀。他揮舞著雙手，而後變成一具癱軟的人偶，倒吊在繩索末端搖擺，與甲板上來回滾動的木桶共舞。船身四周除了灰色的水氣外什麼也看不到，只剩一片吵雜。風肯定嘲笑著，天空也愉悅地歡呼著。木頭吱呀作響，聽起來就像驚聲尖叫，船內傳來驚慌的馬匹嘶鳴。淹了水的船底接連吐出木匠的工具，所有人都在小心避開從海水泡沫中突然湧現的鋸刀和釘子。船首，被風吹得扭曲的旗幟彷彿嘲笑著逝去的榮耀。突然間，雲層裂開一條縫隙，明月宛若一隻白色的眼定睛凝視。所有人陷入沉默，在陰森的白光中呆若木雞。沒多久濃霧再度如雙唇般閉合，黑幕降下、暴風雨又起。船隻本有兩根桅桿，後方的已脫離，破裂的船帆如飛翼拍動。中央的桅桿仍在，由橫桁架住的帆彎曲如隆起的人身。幾名勇士賣力拉住帆索，緩慢地在繩梯間爬行，又是一陣大風、一排大浪，而後便歸於空。

母親蜷縮在底艙的角落，侍僕圍蹲在側。她從奶媽手中抱過威廉，緊靠在自己胸前。孩子被水浸溼的唇舌嘶喊著。地面上一片黑色的液體來回流動。船身時不時被大浪抬起，彷彿懸浮空中。在那沒有盡頭的幾秒內，所有人的心停止跳動，直到船身再次撞上如硬石般的水面。每一次被浪抬起又拋下，艾莉諾都緊緊抓住威廉。她曲著雙腿，盡全力保護肚子。她的侍僕被拋到木箱上，四處滾動，雙手在空中揮舞。她們的血和爆開的木桶裡流出的酒混在一塊。母親聽見馬匹驚慌的嘶叫，她心想大概保不住這兩個孩子了。那是她第一次憎恨父親。

艾莉諾總算踏上英格蘭的土地時，好幾雙手趕緊上前撐住了她。她的身體冰冷。持續不斷的細雨讓空氣變得油膩。她緩緩抬起雙眼望向眼前矗立在懸崖邊上的多佛堡。這座城堡面向大海，圍牆由十四座碉堡相連。城堡中間立著一座雄偉的方塔，兩側也各有兩座較小的碉堡。方塔頂端插著金雀花王室的旗幟，無畏地迎向北風，在嘯嘯的風中發出雙齒打顫的聲音。

六艘船中有兩艘沉沒。男人們乘著小船繞行港口，手持棍棒推開漂浮於海上的遺體和馬的屍骸。

艾莉諾雙手抱著肚子，只能勉強站立。她在人群中尋找金雀花的身影，但良人並未等待她前來，便自行和諾曼地的貴族們策馬奔向倫敦。

她隨後上路。皇家馬車封閉的空間令她頭暈腦脹。她把威廉的衣服解開，用一條毛織被磨搓他的身體。他小小的身子顫抖著。乳娘解開胸衣，他卻嘟噥著別過頭去。

艾莉諾緩緩呼吸。她感覺到腹部疼痛。她望向窗外，看見路上燒毀的村莊。英格蘭的內戰剛結束，戰爭的痕跡仍隨處可見。樹木倒地，壯碩的樹根拔起。放眼望去，大地布滿水坑。這裡沒有她熟悉的圓木。除了幾隻骯髒的羊外，沒有其他動物。懸崖與低矮的草地組成鄉村的景觀。母親想起普瓦圖的森林。一陣刺痛混著思鄉和憤恨的情緒如刀割般襲來。但痛苦並沒有打倒她，反而讓她堅定了信心：她不能被打敗。這樣的信念穩如基石，無論發生什麼，她都不會放棄。然而，這也是一場怒火的前兆，所有人都知道，這一輛全速駛過那片遭到揉擰的大地、滿是威廉抱怨聲的座艙是一場災難的前奏曲。

抵達目的地時，母親得知西敏宮正在整修，只能暫住位於泰晤士河右岸的貝蒙德西（Bermondsey）修道院。那是金雀花的命令。貝蒙德西是一座淺色的建築，尖型的屋頂、邊上以波紋石雕裝飾，正面雕著天使的臉龐，對前來的訪客微笑。修道院不遠處有間用來加工黃金的工作室，艾莉諾看見匠人曲著身子雕塑象牙，雕像的眼睛鑲著祖母綠的寶石。一旁的小盒子裡裝滿等待鎔冶的金子。母親一向喜歡精緻和珍貴的物品，然而，這一天，她別過了頭。站在工作坊前的她，沒有絲毫興奮或好奇。她的心裡只有一個念頭：這塊土地經常淹水，過於潮溼，這樣的氣候對威廉的身體沒有幫助。

副主教湯瑪斯．貝克特（Thomas Becket）前來迎接母親。他走上前。艾莉諾立刻注意到他身上起皺的長袍，帶著金線刺繡的長披巾上方露出皺巴巴的脖子、方正的下巴和一雙精明的眼睛：在她眼裡，那是一副狡猾的面具。她繃緊神經，當下就明白了這個人是來監視她的。低沉的問候、粗厚的嗓音，就是他了，金雀花王的左右手。當時他還是個受國王信任的人，殊不知幾年後，這位金雀花王將會下達賜死他的命令……母親知道，要想靠近國王，就得經過這幾個男人，因此立刻對眼前的湯瑪斯．貝克特生出警惕之心。

她不知道丈夫身在何方，也不清楚他的計畫。接下來幾天內，流言帶來了消息，都是關於無止盡的戰鬥和在女人的大腿之間結束的晚宴。眾多女人的名字間，有一個反覆出現——羅莎蒙德．克利福（Rosemonde Clifford）。這名女子是一位盎格魯—諾曼貴族的後代，想必是個美人。事實上，她長得很像艾莉諾，只是從她笑臉迎人且謙遜禮讓的態度來看，應該比母親溫和。街坊間流傳父親為她瘋狂，一有機會就帶著她現身。艾莉諾忌妒嗎？我知道她是個驕傲的人，絕不會輕易放下身段與另一個人對抗。她是皇后，因此，把自己放在和普通人同一水平上的念頭從未進入她的心思中。然而，在我看來，這次的背叛將是引發母親反抗的導火線。經過那場海上風暴後，她在皇室馬車中明白自己不會倒下，然而，現在的她看得更遠了。如今回頭看，也許就在艾莉諾明白金雀花愛上羅莎蒙德的那一刻起便已種下了戰爭的種子。彷彿他越過了母親的底線——我也是在此時看清楚了母親看似粗疏的外表下其實保持著理想。金雀花可以和任何人烏山雲雨，她都不在意，也不為自己設限。但愛情，這又是另一回事了。她重視名譽、忠心和誠信，把它們看得比生命還重要。我告訴自己，她所有的要求都是為了守護自己為這幾項原則而築起的高牆。我認識的人裡，最難相處的都是大夢想家。

流言蜚語交雜在西敏宮的施工聲中。湯瑪斯·貝克特允諾十五天內便會完工，同時也對艾莉諾表明短時間內無法回到阿基坦，若想回到歐洲大陸，也只能待在金雀花王室的土地，即諾曼地。

夜裡，艾莉諾在冰冷的房間裡無法成眠。她縮在毛毯裡，雙手扶著腹部，檢視著這場災難。她的丈夫愛著另一個女人，派人監視自己，把自己排除在權力中心之外，甚至自行控管阿基坦。他獨攬大權、恣意而為、專斷跋扈。這些都和一開始的想像不同。

她在窗前站了許久。倫敦被一圈城牆包圍著，遠處城牆上一座用卡昂（Caen）運來的石頭砌成的白色塔樓頂端插著旗幟。那是金雀花王室的旗，上頭印著同樣的咆哮金獅。海風吹皺了那條布，扭曲了它的模樣。艾莉諾心裡想著風能令野獸喪膽。

她望著泰晤士河上唯一的一座木橋。它就像一座舞台。人們日夜穿梭，在橋上爭吵、叫賣。與河水齊平之處有許多房子攀著橋墩而建，有如蜂群萬頭攢動。在此狀況下，橋樑還能屹立不搖實為奇蹟。艾莉諾凝視那座橋，想起曾經聽過的一則故事，說的是騎士必須行過水下的橋，那景象令她嚮往。阿基坦的人認為橋是有記憶的，能記住過客的足跡。

侍僕為她準備了混和巴西里和薄荷的花茶安胎。他們深怕在經歷那場風暴後，肚子裡的孩子會天生愁容。幾個月來，母親也小心翼翼地飲食，避開鹹食與苦味，甚至不敢多看吹熄的蠟燭，那會令她聯想到死亡。為了避免孩子罹患痲瘋病，餐點裡也不再添加她最喜愛的東方香料。然而，即使她步步為營，還是躲不掉可能取走孩子性命的風暴。

她輕輕揭開一只箱子。箱子裡放了一束枯萎的百合和一顆用絲質袋子包裹著的普瓦圖沼澤石頭。家鄉的農人保證：石頭將會保佑幼兒的健康。艾莉諾翻開胸衣，把袋子放進摺邊裡，和那把暗藏的匕首擺在一起。

某天，湯瑪斯．貝克特給她帶來金雀花加冕為英格蘭國王與阿基坦公爵後頒布的憲章。公爵的稱號是和母親締結婚姻而得。這份憲章同時對英格蘭和法國的子民發言，換句話說，阿基坦的人民現在也成為他帝國的子民了。一如其他被征服的人民，阿基坦人必須服從他的命令。

艾莉諾放下他捎來的訊息，沒有理會湯瑪斯．貝克特，逕自走向窗邊。這座城市就像一片沼澤。臭氣薰天。城市的中心有條名為沃布魯克（Walbrook）的小河蜿蜒而過，河道兩側滿是垃圾。然而，來自西齊普街⑦的蜂蜜、皮革和漁獲的氣味蓋過了腐臭。市場從小溪延伸到聖保羅大教堂，色彩斑斕、人聲嘈雜，而後再經過一處盆地，連向泰晤士河。河上來自法蘭德斯和義大利的船隻如川流，載滿毛線和康瓦耳⑧產的錫礦。碼頭上，工人忙著下船、卸貨、搬運、秤重，批發商以各種語言吶喊著。這些人和拉羅歇爾（La Rochelle）港口上的人一樣粗俗。河岸上雜亂擾攘，但這混亂讓艾莉諾感到平靜，讓她忘卻金雀花對她的冷漠、失去領土的失落和威廉不規律的呼吸聲。工地、倉庫和伸入泰晤士河的棧橋，這些地方入夜後就由鬥毆、嫖妓和狂歌接手。母親的怒火隨著這些失序越燒越烈。

二月的一個夜裡，她感到下腹陣痛。侍僕開始奔走，燒好熱水泡入錦葵、擺置軟枕。

⑦ Westcheap，今日名為 Cheapside。

⑧ Cornouailles，英文為 Cornwall。

母親坐了下來，將手伸進胸衣的摺邊裡觸摸那顆沼澤之石。

分娩的過程順利，名為亨利的次子誕生了。

此刻，父親身在何方？文書官不敢提及羅莎蒙德。金雀花國王口口聲聲怨著舟車勞頓，卻仍在英格蘭、諾曼地和阿基坦等地來回奔走。他馬不停蹄地巡迴，雙腿也因騎馬佈滿了傷痕。他剛愎自用，每到一處便收回當地領主的權力。他馴服了桀驁的附庸，蓋起一座又一座堡壘。他想要滲透每一片土地，因此建造了堅不可摧的城牆與碉堡，也修建了吉索（Gisors）和盧昂（Rouen）的宮殿。工程軍隊日夜趕工。除此之外，父親也決定挖出一道溝渠，劃清諾曼地和法國的領土，同時也劃開艾莉諾的今昔。路易對此感到驚愕不已，甚至前來親眼確認這些沿著薩特河（Sarthe）和阿夫河（Avre）挖出的長溝。金雀花無視這些工程耗費巨資，穿著獵袍四處移動，除了馴鷹外從不戴手套。他發布了一套普通法⑨，皇家法規因此正式以法文頒布。他和艾莉諾一樣，充滿了理想，認為這麼做是正當且正確的，因此訴諸行動。這是他的力量、他的本性。金雀花國王的目光遠大，卻看不見眼前發生的事。他以為自己在建設國土，實際上卻是在給自己掘墳。一般人在摸清敵方和盟友的底線前，不會輕言出兵，但他卻毫不遲疑。身邊的妻子無法忍受他的背叛，附庸領主也恨之入骨。所有人都在背地裡低聲討論著復仇計畫。今日他在牛津，明日在加來，隔日又去了羅亞爾河谷，這一次是去討伐他的親弟弟，畢竟背叛是這個家族的天性。

艾莉諾遠遠看著他。來自阿基坦的信使捎來她的王國起義反抗的消息。安古蘭的男爵們亦群起反對由亨利任命的教堂人員和新法規。父親為處理這些叛亂份子，親自投入普瓦圖的戰役，焚燒掠奪了數個村莊。而後，他又與羅莎蒙德一起大舉宴客，慶祝勝利。

艾莉諾明白她必須耐著性子。怒火在她的內心深處蘊釀著。夢想的幻滅宛如生命之始，很快地，一股反抗的意志將會誕生，引領她走向殺戮之道。

西敏宮的修建總算竣工，母親把所有的精力投入新家的安置。

她鄙視所有英格蘭式的粗俗，堅決展現故土的生活品味與文化。第一件事便是從阿基坦請來吟遊詩人。一天清晨，約莫二十來人自泰晤士河的港口上岸，各自帶來了一點家鄉的影子。他們的身上滿是髒汙卻興奮不已，這一路上飲酒高歌。這些人中也有幾個婦女。

⑨ Loi commune，英文為 common law，大致是在亨利二世在位期間形成，當時的司法由地方公爵等所組成之地方法院根據地方之習慣來作判決，與法國使用的大陸法不同。

母親總是對我說，女人無法獲得實權，卻能透過文字展現力量。這就是她要求女兒們學習文學與詩歌的原因。

一行人搖搖晃晃走上棧橋，其中一名詩人忽然倒地嘔吐。一旁的人拖著他前行，但歌聲並未停歇。另一邊的人也忙著救出掉入河裡的同伴。艾莉諾在岸上迎接他們。她的雙眼閃爍著光芒。而在她的身後，則是被吵鬧的聲音吸引而來的圍觀群眾。

艾莉諾供他們食宿，並支付酬金。他們會歌誦母親與一個遙不可及的女人的榮耀——母親把愛置於詩歌的中心，唯有害怕愛情的人，才能對愛如此尊崇。出於謹慎，沒有人會在詩歌中點出艾莉諾的名號。這一次，他們稱她為「絕無錯」、「海洋之星」或「飛鷹」，每個角色都有不一樣的故事。每個吟遊詩人都對她帶有一點愛慕之情。有一些甚至會與她共度良宵。隔天，他們會唱：

夫人，我獻身於您，將
全心全意爲您
妳是我的初喜

也將是我最後的歡愉
此生不渝。

他們給自己設下許多挑戰，藉此換取她的一個眼神，例如以空氣為牆的果園、劈在情人之間的劍。母親會要求他們重唱一則來自布列塔尼的故事，關於崔斯坦（Tristan）與伊索德（Yseut）的愛情⑩。眾多詩歌中，她還偏好一位名為亞瑟的騎士，人稱「永恆之王」。故事裡有神奇的劍、圓桌和一位名為梅林的魔法師。她從這個故事得到了靈感，接續這個故事，稱英格蘭王室為亞瑟王後代。詩人們無不雀躍。他們創造了一個傳奇。而母親也為皇室的權力添上了魔法。

⑩ Tristan et Yseut，最初的故事來自於中世紀，講述崔斯坦與伊索德之間的愛情悲劇。兩人在一次出征的路上不小心喝了愛情靈藥，但伊索德仍與未婚夫馬可王成親，崔斯坦亦娶了另一個名為伊索德的女子。崔斯坦某次傷重，情人崔斯坦乘著掛了白帆的船來醫治他，但他忌妒的妻子卻謊稱那是一張黑帆。崔斯坦因此心碎不治，伊索德最後也在他的懷裡自殺。故事後來由華格納改編為音樂劇，也有電影版本。

為了消除他人疑心，她還想出了聰明的辦法，讓她的詩人為丈夫服務。誰能看出母親心機呢？這麼做同時給那些詩人和金雀花的支持者面子，何等妙計。人們聽著下流的詩歌時，也聽見了皇室的榮耀。

阿基坦人需要光。那些詩人房裡的獸脂蠟燭因此換成了油燈。他們還需要一點滋味。母親便找來了印度香料。胡椒、小茴香、肉桂的味道給英格蘭的肉品帶來香氣。英格蘭的葡萄酒也是喝不得的——我們都說肯特（Kent）和薩弗克（Suffolk）產的酒得咬牙切齒才能吞得下肚——因此商船也載來了奧尼斯（Aunis）和聖東吉（Saintonge）的酒。

艾莉諾也購買桌巾、銅盆、裝飾餐具用的金子以及用來幫亨利按摩的杏仁乳。由於威廉的呼吸道虛弱，她也買了乳香和沒藥為他去除河流帶來的霉味。她在宮廷裡造了藥草園。時刻擔心兩個孩子會發生不幸。湯瑪斯・貝克特勸她拋開迷信，但她還是執意命人每日摘剪馬兜鈴，拿到搖籃下焚燒。這種植物能為孩子疏氣活血，母親對我說過它在希臘文裡的花語，意為「順產」。她惜字的心正如我對劍的鍾愛。

侍僕們每天早晨都必須刷牙，並吃下一些蘆薈膏淨化膽汁。艾莉諾會以玫瑰水沐浴，身體飄香、頭髮整齊，而後才開始處理政事。她會在帳單上簽字、管理宮廷帳戶並監控各方積欠王室的費用。這些事都在幾個男人的監督下進行。他們是湯瑪斯・貝克特安排的人，而他本人也包辦了亨利的教育。

湯瑪斯・貝克特在亨利面前特別有耐心，而這孩子也對他言聽計從，經常要求見他。亨利視他如父。但任何關於政治的事務，貝克特都與母親針鋒相對。他憎恨母親對他身為總執事的事務侵門踏戶。艾莉諾清楚的很。她用冰冷的語氣快速地念著司法章程，一旁抄寫的貝克特皺著眉，偶爾也發出幾聲沉重的嘆息。她也反對所有他決議的事務。某天，一名修道院院長狀告領主砍伐位於赫里福德郡內的樹。湯瑪斯・貝克特支持領主的行為。艾莉諾卻無視他的意見，判定修道院長有理。判決書上寫著由「身在海的另一端的國王判定」。艾莉諾對這行字視而不見。

父親回到英格蘭短居，將所有附庸領主聚集到沃靈福德宣誓效忠他的兒子。威廉當時身體虛弱，因此他也叫上了六個月大的亨利共同接受宣誓。艾莉諾也在場。她的態度冷淡，但他一如往常不覺有異。他把心思放在別的事上，嘲弄一名伯爵因騎馬速度過快踐踏了煤田。眾人笑開，舉杯敬酒。只有艾莉諾沒跟著做。男爵們乾瞪著她。了解她的人都明白她享受著這一刻，但這也是她的原則。她堅定自己的立場。在她的認知裡，她仍是阿基坦的女公爵，她的人民從未忽視這一點。無論是聖誕節、復活節或財稅法庭，每一次她都是光鮮亮麗地出場。她的頭髮上會點綴鮮花、斗蓬內襯會鋪上一層帶著藍色亮光的毛皮。她是所有人關注的焦點，而她的冷淡正好激發了眾人對她的渴望。父親無法抗拒她的誘惑。他愛的是羅莎蒙德，這是眾人皆知的事。然而，他似乎仍未對皇后忘情，每次他離去後，艾莉諾都會再懷上一胎。

她的肚子再次圓渾了起來。一一五六年六月的一個清晨，當乳娘收到通知前來時，第三個孩子已在她的肚子裡成長了。威廉的呼吸愈發困難，從那之後沒有下過床。母親的心裡有某種無以名狀的情緒正在滋長，一種恐懼正急躁地探頭。她沒有讓任何情緒顯露出來，只差了人到花園裡採摘馬兜鈴放到孩子床下，再加上一些芫荽、天仙子的根和艾草。一名侍女錯取了用來治療眼疾的小茴香籽。一旁的人見到母親把那些籽往侍女臉上丟時皆心照不宣，情況已堪稱嚴重，該是奏請國王回來的時候了。

湯瑪斯．貝克特把亨利帶離房間。然而十三個月大的他卻激動不已。他開始失控抓狂、大發雷霆，就像法庭上喊冤的人。

一天過去了，威廉的眼皮還是緊閉著。他的胸膛隨著每一次吸氣而隆起，臉色蒼白地幾乎變成了半透明的——這個三歲的孩子正和死神博鬥。他發出一聲聲的哮鳴。在艾莉諾的耳裡，這個聲音有如響雷般震耳。

廚房裡的僧侶們忙著燒水、過篩、搗碎琥珀，同時也準備藥包、熱飲和敷片。侍僕們也靜默地在爐火與臥房間來回奔波。

艾莉諾蹲在床邊，雙眼不敢離開男孩。她圓渾的肚子彷彿是命運的諷刺。一個孩子即將誕生，而另一個將走入死亡。她貼近他的枕邊，輕輕哼出威廉誕生時為他選的歌曲。她只有一個目的，就那麼一個：用歌聲蓋過逐漸逼近的死亡，為孩子驅逐恐懼。她哼著歌，最後一次展現她的愛。時間流逝，哮鳴變成了沙啞的叫聲。那小小的身軀開始扭曲。母親傾身，往他的嘴裡吹氣，希望再多給他一點空氣。她繼續哼著歌，幾乎在威廉身旁躺下，雙手時不時鬆開，試著觸摸那顆貼在她心旁的普瓦圖之石。

那天夜裡，她解開了那層內裹，把石頭放進墳裡，和她的長子一起長眠。

她在石頭上刻下一句誓言：「扶起那毀壞的，守護仍屹立的。」

母親走進了無人知曉的國度。風吹得她全身凍結。那裡渺無人煙。她聽見高牆之後傳來笑聲與談話聲，都是來自那些活下來的人。她大可試著用雙手挖出一條路，生育更多孩子，但這麼做並不會改變任何事實。在她的生命與他人的生命間劃著一道界線。她隨著失去孩子的母親們前行，跳動的影子吟唱著搖籃曲。母親現在看過世界的另一面了。亨利成了長子。瑪蒂爾德將在幾天後誕生。我在一年後來到人世。我會在消逝的大哥陰影下成長，無從得知母親對我的偏愛是否源於我和威廉相似。她從未直說，但每年六月她都會穿上一件內裏脫線的裙裝。而當我接受加冕成為阿基坦公爵時，跪在大教堂祭壇前的我必須念出這句誓言：「扶起那毀壞的，守護仍屹立的。」我認得這幾個字。它們屬於威廉。

§

路易與母親離婚後另有兩段婚姻、三個孩子。然而，他始終能找到門路留在離艾莉諾不遠的地方。這扇門就是我們。我們從十歲起就被母親送到前夫那裡。聽來也許有些奇怪……但路易尊重我們、看重我們。他不會在我們身上強加權威。更重要的是：他懂得把權力下放。他的么子腓力普⑪沒有我們的煩惱。他是我夢想中的弟弟。我們之間相差八歲。他是個快樂的孩子，愛笑、堅忍，而且深受瑪格麗特（Marguerite）和愛麗絲（Aélis）兩個姐姐疼愛。他的父親總是以他為榮，姐姐也圍繞在他身邊：我多麼羨慕啊！腓力普那樣的孩子不需要推翻自己的父親，也不需要往自己臉上抹泥。

路易心知肚明。他支持我們的行動，甚至低調地鼓勵我們和阿基坦人民起義反抗父親。他對那場針對父親的戰爭充滿期待。這兩位國王之間總是勢不兩立。有時，他們也會達成某些毫無意義、對任何人都無益的協議。二哥亨利⑫和瑪格麗特的婚姻就是這麼訂下來的。法國和英格蘭都希望在亨利娶了路易的長女後，雙方能達到某種程度的和解。而我，我被安排給路易的第二個女兒，愛麗絲⑬。

事實證明，結果並沒有不同。路易和金雀花彼此厭惡，身為兒子的我們選擇與路易同一陣線。我們需要受到重視。某天，無法忍受我們經常出入法國宮廷的父親派了人來把我們帶回英格蘭。他們來到巴黎，就在那間母親也很熟悉的議室廳裡，要求亨利、若弗魯瓦和我即刻回家。路易揶揄地問道：

「這是誰的要求？」

「英格蘭國王，」信使愣了一下，答道，「他要求孩子們聽從命令。」

「英格蘭國王？不可能，因為他就在這裡，和他的弟弟們一起。就我所知，亨利已接受加冕了。你們說的是哪個國王呢？」

信使帶著這份宣戰書離去。路易又以淘氣的口吻問我們：「好了，現在誰想看亨利的王室印璽？」說這話時，他的手裡捧著絨布。他掀開布邊的模樣彷彿那是一朵花。布裡包著一塊圓盤，上頭是以純金鑄成的亨利頭像。

⑪ 即路易七世死後即位的腓力二世。

⑫ 因為和父親同名，所以歷史上一般稱之為小亨利，但作者在文中稱呼父親亨利二世為金雀花，所以譯文保留長子亨利的名字。

⑬ 路易七世與艾莉諾也有一個名為愛麗絲（Aélis）的女兒，這裡指的是路易和第二任皇后所生的第二個女兒 Adèle，也稱為愛麗絲（Aélis）。

這一天，我們這些英格蘭出身的王子都宣誓了效忠法國國王。我也請求路易冊封我為騎士。

當天晚上，他為我們準備了一場盛大的宴席。女人們的皮膚在燭光的照射下閃爍著光芒。梅卡迪耶大聲喊著粗話，我甚至必須下達命令阻止他。地上鋪滿了薄荷。「你的母親最愛的香味，」路易小聲說，「我第一次見到她時，到處都是薄荷。」我們擠出禮貌性的笑容，心裡感到驚訝。母親鍾愛百合。我指正路易時，他的笑容扭曲地讓我不禁咬唇。

幸虧號角及時響起。亨利、若弗魯瓦和我相繼洗了手入座。我們端座在賓客與歡笑之間，就在路易的孩子旁。長女瑪格麗特努力讓隨著長笛樂音起舞的腓力普安靜下來。另一個姐姐愛麗絲噗哧一笑。兩位公主都很迷人，當時的我也認為亨利和瑪格麗特一定會很幸福。愛麗絲看上去較為內向。她的雙眼未曾離開腓力普一秒，每當他失去平衡時，就會立即把他抓回凳上。

我還記得那個拱頂的宴廳，稍嫌過淡的酒，典型的巴黎鄉村風格；雙手在桌巾上擦拭後留下的褐色汙漬；雜耍演員濕漉漉的臉龐。梅卡迪耶已分不清自己啃的是肉還是侍僕的手臂。桌上笑聲震天。用番紅花醃過的雞肉呈黃色，那香料是十字軍出征時帶回來的，我們都識得。因為恪守教會條規而胃痛的路易幾乎沒有進食。但他渾身散發著自信，這就足夠了。

宴席結束後，他要求眾人噤聲。他站起身，對著福音書宣誓會支持我們反抗父親。長凳發出巨響。法蘭德斯、香檳、布爾瓦和德勒的公爵紛紛起身，將手放在福音上，許下同樣的誓言。

那一夜，我們第一次有了存在感。三個被放逐、不被疼愛的孩子在眾聲喧嘩中起身。即使那些聲音來自敵人的國度，那又如何！我們也為自己宣誓，這些誓言帶著重生的滋味。

梅卡迪耶和我以我們的方式慶祝這一刻。我們倆就像同一塊木頭雕出來的。一旁的亨利咬了咬唇表示不屑。路易和一名教士說著話，沒有看見這一幕。我輕輕推開在我們腳邊打轉的腓力普。那是屬於我們的夜晚。巴黎的巷道裡飄著霉味，但我的記憶裡卻充滿了甜美的香氣。燭光在閉合的窗簾布後方閃爍。地上的泥濘吸收了我們的腳步。為了避開從架上傾倒的蔬果皮，梅卡迪耶做出一個和他壯碩的身材不相襯的滑稽舞步。笑到流淚的我拉著他往剃鬍店去。店家早已歇息，但在看到我身旁的巨人後，剃鬍匠還是決定為他整理那一臉長鬍。城市昏暗的街底傳來染坊的氣味、牛隻的哞叫和小酒館的喧嘩。我們清空了他的酒。一旁一位微醺的詩人站在桌上哼著小曲，另一個拔牙匠對梅卡迪耶的頷骨很有興趣，試著扯開他的雙唇。梅卡迪耶為他灌了好些酒後才總算封住他的嘴，接著，他從腋下架起對方的身體掛到掛衣鉤上。我們高聲唱著詩人的曲子走出剃鬚店，走到一個萬頭攢動的廣場。排成長隊跳舞的人、噴池、串在鐵棒上的豬隻、歡樂的女孩：總算，傲氣十足、人聲鼎沸，與英格蘭截然不同的生活。由於沒有護衛和華服，街上沒有人認出我。梅卡迪耶朝我動了動下巴，示意廣場另一端有漂亮的女子在喝酒。就在他轉身踏出步伐時，一群男人越過他。我還沒來得及出手制止，梅卡迪耶巨大的拳頭已經落在兩位無禮的男子肩上。一場激烈的鬥毆就此展開，場面精彩無比，拳頭和瓶罐漫天飛舞，搭配著婦女們驚恐的聲音。梅卡迪耶抓起一張長凳頂在腹部轉起圈子。轉了兩圈後，凳子上已串滿了人，他便像甩動兔子般晃動凳子。「你們應該對受法國國王保護的人行禮！」他大聲叫嚷，滿臉笑意，雙眼閃著愉悅的光芒。這句話確實讓我想起路易對我們這些被遺忘的王子許諾的誓言。

清晨，我們踏著蹣跚的步伐穿過街道。梅卡迪耶按著早些時候鬥毆時被啤酒杯敲中的太陽穴。我踢中了被丟在洗衣庭旁的陀螺。該回普瓦圖了。母親還等著我們呢。

坐在一幫卑躬屈膝的人面前的她眼見我們到來，一個手勢打發了所有人。我把事情一五一十地告訴她，包括英格蘭來的信使、路易的反應、那場宴席和宣誓。她專注地聽著。她端坐的姿態散發著尊貴的氣息，長袍下纖瘦的肩膀、盤成包頭的栗色辮子，看著她的模樣，我不禁思忖，父親第一眼看到她時，是否也是如此。當時的她一定沒有眼角的魚尾紋，臉色應該也沒那麼蒼白。但那寬大的額頭、如暴風般的瞳色和直挺的脖頸，他肯定是見過的。然而，他卻像個盲人視而不見。

我努力回想事情的轉折點，回想起兵反抗父親變得理所當然的那一刻。有一道裂縫，似乎在遠得無法記起的時間點上就已存在，宛若冬日裡的冰霜帶來入骨的寒意。然而，對我們這些孩子來說，裂縫是在幾個月前出現的，我將娓娓道來。

幾個月來，父親認為三個對手都已安撫妥當，高枕無憂了。他暫時鬆懈了對阿基坦的控制；接受加冕後的亨利短時間內應不會再鬧事；謀殺為維護教會權利而反抗王權的湯瑪斯．貝克特一事也已獲得教會的赦免。湯瑪斯．貝克特在大教堂內被找到時，石板上的頭顱被砍開了一個洞。父親花了三年時間才洗清罪名。然而愛慕著貝克特的亨利未曾原諒他。

妻子、兒子和教會，父親肯定自己已經平定了這三方的亂事，因此降低了戒心，轉而安排約翰的未來。我最小的弟弟當時未滿七歲，甚至連武器都還拿不穩。面對一個在洗禮儀式上噴尿的孩子，能有什麼期待？在往他額上淋下聖水時，約翰從下面排出水來，而神父則假裝什麼也沒看見。

約翰住在豐泰夫羅（Fontevraud）修道院。我和母親都很喜歡這個座落於索米爾（Saumur）鄉間、潔白且平靜的場所。艾莉諾長期贊助修道院的支出，抽出預算為修女們置裝、贈送行進用的金製十字架、提供儀式用的絲質裝飾、為修道院修築圍牆。但約翰似乎在這座美麗的花園城市裡找不到安身之處。

修道院裡有綿長的拱廊、黑白棋盤格的地板，高窗外的露台上攀著葡萄藤。廚房的屋頂是制高點，上方點綴著裝飾用的尖石，鐘樓下也可見煙囪排列，經常飄出燻魚味。孩提時代的我對那些石頭的寧靜與蒼白印象深刻。那裡的空氣似乎是凝滯的，悄然無聲。直至今日，我仍天真地相信豐泰夫羅能夠止住風聲與一切紛擾。而約翰身為一縷憤怒與任性的風，與那種地方格格不入。

父親將他帶回英格蘭，對他說法語，送他玩偶和天文學著作，也向他解釋了財稅庭的運作，那是父親引以為豪的財政系統。總而言之，他表現得就像個父親。

現在，他也開始安排約翰的婚姻了。毛里恩（Maurienne）公爵願意將女兒許諾給他，這麼一來，他將會得到皮埃蒙（Piémont）。嫁出女兒當然得要求聘禮。父親也早有心理準備……雙方結盟之後，他便能把魔爪伸進義大利境內了。他的帝國尚未開拓至此，他的孩子們從來也只是任他擺布的棋子，為了他的貪婪而活。但父親走錯了我這一步棋。當他安排我和路易的女兒愛麗絲訂婚時，他肯定認為可以為他省下一場戰爭。

與毛里恩公爵的會晤將在奧維涅（Auvergne）舉行，時間訂在二月。整個家族的人都受到邀請。

若弗魯瓦和亨利來到普瓦捷與我們會頭。母親和我則自利摩日（Limoges）回來。我們收了當地的稅，參加一間修道院的動土儀式，也巡視了這一地區的封地。這段時間我們感受到領主們對金雀花的怨恨。（前些日子，他們才把驢子帶上城牆嚎叫，並對著英格蘭人大喊，要他們前來營救國王。父親對這件事的反應是揉擰他們的土地。）

沒有人願意為了約翰跑這一趟。我們嘆著氣往奧維涅出發。

事情就是從這裡開始變調的。蒙特費朗城牆下的草原架滿了帳篷和旗幟。身上的飾品被拆下後，馬匹們便在草地上休息，嘴裡吹出雲朵般的白煙。冷風中的幡幟啪嗒作響。店家整天都在城市與營地間來回，帶來了家禽、水果、掛毯，還有給士兵鋪床用的乾草。我們談價交易，有時也會起爭執。梅卡迪耶則帶著騎兵隊到森林裡捕狼。

草原正中央一張金色的華蓋之下，毛里恩公爵和父親正對著他們的廷臣。這兩人將要公開這場婚姻的條件——毛里恩公爵女兒的身價。兩個男人端坐在雕了花的木製寶座上，寶劍插地。母親站在他們身後，白鼬毛皮大衣垂至地面。她戴著連在大衣上的帽子。幾片雪花飄落在毛皮上，看上去像是一顆顆細小的珍珠。亨利、若弗魯瓦和我正對著她，手上戴著皮手套，臉上罩著鐵製的防風面罩。我們站在第一排，等待父親為我們嫌惡的小弟下決定。

金雀花開口了。在一段長得彷彿沒有盡頭的說辭後，才終於說出願意支付的金額。毛里恩的女兒嫁給約翰，他將支付五千銀馬克⑭。公爵同意。事情辦妥，我們可以離去了。想不到，父親竟提出另一個承諾。他將從我們的遺產中抽走愛爾蘭與好幾座英格蘭城堡，包括希農（Chinon）、盧丹（Loudun）和米雷博（Mirebeau）做為結婚禮物。

我們陷入沉默。

這番羞辱已然越線，光是示弱不夠，他還得從三個兄長身上扒一層皮給約翰披上。

亨利的臉色頓時翻白，向前踏了一步。我下意識地把手放到劍上。梅卡迪耶和若弗魯瓦也隨著仿效。那一刻，阻止我行動的，是正對著我們的母親。她的雙眼有如一副盔甲，怒火靜靜燃燒，等待時機成熟。我們的災難淹沒在艾莉諾的憤怒之中。我們都了解她，因此也生出了信心。亨利率先改變了主意。罩著我的那條陰暗的絲帶被那雙灰色的眼神推開。然而，我們腳下的那道裂縫已在這受了詛咒的寒風中迸裂。太遲了。我們瞠目結舌，但在這喧囂之中，父親仍一派悠閒地談價。

兩個月後，他在安傑（Angers）舉辦了一場盛宴。安傑和勒芒（Le Mans）都是他最愛的城市。他反覆強調著，那是祖先的土地，彷彿他是這一血脈的最後一人。他在眾多領

⑭ 馬克（Mark）最初是用來測量金銀重量的單位，在英格蘭歷史上用來計算財務，沒有正式發行和流通。

主前宣告將把原本屬於母親祖母的隆格多克（Languedoc）納入他的帝國之中。他以蠻橫的手段聯合了我和亨利。說這話時，他的軍隊已經開始指揮隆格多克的人了。這一次，土魯斯（Toulouse）和納本（Narbonne）都表達了不滿。整個國家都知道，普瓦圖多年來都在抵抗金雀花的魔爪。這時南方也跟上了他們的腳步。納本的女子爵向法國國王發出了警訊，殊不知，路易正等著艾莉諾的反應。

反應如是：她走進普瓦捷的宮殿，命令我們起兵反抗父親。

叛變

艾莉諾估算著兵力。有不少英格蘭人厭倦了金雀花的統治，願意加入叛軍的行列。然而，有件事令我感到擔憂。誠然有許多男爵加入母親的陣線，但他們都要求了相應的回報。作為出兵援助的條件，這些人要求母親許諾領地和城堡。連憎恨金雀花的蘇格蘭國王也覬覦位於英格蘭北部的諾森伯里亞（Northumbrie）。我料想母親會同意，也知道應該相信她，她的精明和謀略智慧讓她站在權力之巔。儘管如此，我還是無法放心，這麼做的代價實在太高了。

艾莉諾沒有理會我的意見。我看著她來回奔走，注意到她和父親最大的差異：母親的憤怒是支撐她的力量，但父親的怒火卻貶低他的格調。他大發雷霆、火冒三丈的宣洩方式讓我們感到羞恥，彷彿坐在爐火之中，臉部脹紅，雙眼佈滿血絲。僧侶們試過禁止胡椒和洋蔥入菜，甚至為他準備萵苣汁、毛莨和甘草花茶，全數失效。他們已無技可施，只能眼看父親變身吵鬧的精靈。梅卡迪耶甚至曾把他綁住，以免他撕下一位年輕侍從的臉。更遑論我們多次見他在地上翻騰打滾、咆哮叫嚷，幾乎都要把稻草塞入嘴裡的景象。廷臣們都嘲笑我們。然而，我必須坦白：每當我看見這種景象時，都會感覺到頸部後方一陣怪異的冷風輕撫。世上的越軌行為滋養著縷縷黑煙，它們在父親可悲的行為下膨脹，吸收他的尖叫聲。此刻，我對它厭惡至極，原因在於，我彷彿看見了自己，原因在於，我也懷抱著這般憤恨。

母親的憤怒則是另一回事。背叛使她強大，衝動也會化為她的力量。她把獠牙烙在記憶深處，把自己變成一顆石頭。憤怒不會淹沒她，她關注的是心，以及它最原始的功能：撞擊，而後才能呼吸。我多麼希望自己也能像她！她能把復仇化為榮耀。對艾莉諾來說，憎恨是經得起時間考驗的憤怒。

其實，絢爛的怒火引領她持續出擊的模樣在我眼裡滿溢著溫柔。我能感受那曠日持久的苦痛。詩人總說，當我們愛一個人時，那份愛將觸及內心最寂寞之處。我相信這番話，因為這一刻，我看到的是一個忍受著絕對的孤獨，因而放棄等待，憑藉一己之力前進的人。我應該跪在她面前，靠近她的臉龐，用一個戰士所擁有的溫柔詢問。母親，是什麼樣的憂傷讓妳無法找回平靜？那些只存在於希望中的夢想長什麼模樣？過去的事無法重來，但生活中總有一些得以稍做休息的片刻，例如一個為你褪去披風、為你留下一張椅子的朋友。總有這樣沒有輸贏、沒有威脅的時刻。為何要害怕它們？她以自己的方式回答。人人都敬重艾莉諾的言辭，卻沒有人真正了解其中意義。她總是緊握著拳頭，即使是在睡夢中。可是，拳頭嗎？拳頭也代表了一隻守護之手。

我為她捎來路易的訊息。他說，像我這般優秀的戰士不會在半路被俘，因此把訊息託付給我。艾莉諾打開信件，高聲讀出。內容簡短。路易表示他將支持這場叛變。我試著掩飾臉上的笑容。所以，母親的第一任丈夫決定要參與反抗第二任丈夫的行動……路易很聰明，信件中沒有提及那些年他們共度的日子。可是參與叛變，擊垮搶走妻子的男人也等於是為自己復仇。我又一次為他的克制力折服，他和父親有著天壤之別。面對如此優雅的信件，該如何回覆才好？母親拾起羽毛筆。「建議他，」她說，「集結皇室軍隊，處理諾曼地的事。」

兩個星期後，她邀請亨利、若弗魯瓦和我共進晚餐。餐廳內的氣氛凝重——我的家人不懂何謂無憂無慮。我看著他們。亨利粗暴地撥開擋在眼前的一綹紅髮。他的額上印著悲傷，皺紋裡透露著苦澀，還有那失意者貫有的粗暴，這一切讓他看上去老了許多。若弗魯瓦站得筆直，卻散發著懶散、奴性，毫無氣魄可言。亨利開口稱讚桌上的松露雞肉，他便連忙贊同。他會是個無畏的勇士，我毫不質疑，但他絕不會為了忠誠或復仇而出征。無論亨利做什麼，若弗魯瓦總是亦步亦趨，對他恭順服從。我推測他是希望有朝一日亨利真正登基時能想到他。如果威廉還在，他會怎麼做呢？我想，在她失去的、不帶期望的和一味服從的兒子之間，也許我是唯一符合她期望的那一個。而我不確定這份期望對我而言是一種特權或是詛咒。

艾莉諾放下碟子，開口說道：「我們會在整個法國境內部署兵力，從庇里牛斯山脈到英吉利海峽。你們的父親將會被多出兩倍兵力的軍隊包圍。他當然也有援軍——懦夫、朝臣和野心勃勃的人，這些人會站在他那邊，但他不會有機會逃脫。若弗魯瓦在布列塔尼集結軍隊；亨利將迎戰英格蘭，畢竟理論上他已是英格蘭的國王；理查負責降伏並集結阿基坦的領主。我們的盟軍很多。包括愛爾蘭國王、英格蘭的公爵、法蘭德斯的軍隊，還有阿基坦和布列塔尼的伯爵。當然了，還有路易。」

若弗魯瓦不禁為這諷刺的情勢發出一聲驚嘆。沒有人注意到他笨拙的舉動，只有我和亨利對看了一眼。我們了解艾莉諾。無論這人先前是否與她同床共枕，她都需要法國國王的支持。她是個實際的人。她總是教我：「不要付出你的愛。你可以仰慕，可以盡興，也可以狂歡，但絕不要付出你的愛，否則你也會付出代價。」這則教誨，我也恭敬地恪守著。

我和愛麗絲的婚約已談成多年。她還在等待，但我永遠不會走向她。

§

戰爭在一一七三年的春天爆發。

亨利、若弗魯瓦、我，還有路易七世、英格蘭、阿基坦和布列塔尼的伯爵們共同發動了對金雀花的攻勢。英吉利海峽兩岸二十年來的恩怨情仇同時宣洩。土地遭到侵略的英格蘭伯爵任由他們的怒火爆發。他們的士兵攻擊、掠奪、屠燒父親吞併的區域，懲治效忠於他的人。戰爭如一片混著血和火的巨浪襲捲英格蘭。路邊的樹也成了懸掛屍體的刑場。

艾莉諾在普瓦捷的城堡裡指揮戰事。

法國於六月二十九日開戰。亨利打頭陣，攻打金雀花的世襲領地：諾曼地。他率先進攻位於皮卡第和諾曼地邊界的奧馬利（Aumale）城堡。城堡的位置易守難攻。座落於高處的堡壘東面有沼澤和大河支流保護，寬大的城門下有一條運河。母親想出摧毀水柵，讓運河之水淹沒城市的計策。

往南一些有路易指揮的軍隊封鎖佩爾什（Perche）。他們的目標是韋爾諾依（Verneuil）。巨石和護城河護住了城內三座村莊。路易在城牆下插了百合花旗向母親致敬。士兵停下鐵輪上佈滿泥汙厚土的運輸車，掀開皮製的篷布準備架設攻城武器。

若弗魯瓦攻擊位於西邊布列塔尼地區的多爾（Dol）城堡。

而我，我負責法國南部，率領普瓦圖和阿基坦的領主們出征。每個人都驕傲地佩戴了盾徽，看上去就像一場顏色和形狀的派對。母親教過我如何辨識，人字形、二色交替的邊框、十字、鳥、熊、銀底黑斑、毛皮紋、幸運草，我全都認得。這些人中包括多次保護母親的宏松的若弗魯瓦（Geoffroy de Rançon）。和我身邊其他的領主一樣，他也參與了我的故事。我安排了一些耳目在軍隊之中。某些士兵提及艾莉諾時，臉上都掛著貪婪的笑容，但我並沒有把心思放在他們身上。我必須專心指揮僱來的上千名傭兵。這些人都是我重金僱來的，沒有一個是貴族，全是流浪的戰士，不懂戰爭的藝術。有些人身上帶著用農具改造而成的奇特武器。我能認出插著犁頭的長槍、鐮刀和改良過的斧頭。我對他們毫無信心，這些人一有機會就會以殺戮為樂，一旦遭逢失敗就會把自己賣給敵方。

我們朝著父親家族的發源地勒芒（Le Mans）行進。繞過豐泰夫羅修道院時，少數士兵竟興起掠奪之意。我也聽見一些傭兵因為這座修道院接受修士與修女，把它比做酒神的狂歡派對。「做彌撒時應該很爽，」那些人這麼說著。梅卡迪耶低調地試著讓他們閉上嘴。太遲了。我走進隊伍中。一下就認出開玩笑的人。他冒著汗。我花了一點時間觀察他後才抽出劍，順著他溼透的太陽穴緩緩下滑。一劍割下他的耳朵。傭兵痛苦呼喊，身體在馬背上蜷縮起來。我拉起韁繩調頭，確保馬蹄踩在血淋淋的器官上，然後才回到隊伍前方。掠奪豐泰夫羅？這些戰士難道不知道那是母親心儀的安葬之地嗎？絕不能動它分毫。

我下令前行。千軍萬馬在我身後浩浩蕩蕩，發出的聲音有如混著憤怒與欣喜的汁液注入體內。梅卡迪耶熱血沸騰。隊伍中傳來嘶啞的歌聲，越唱越高昂。

我喜歡看他們跑著
趕走人和畜群
也喜歡看人手持武器
追著他們而來……

每踏出一步，劍就敲在我的大腿上，清脆的鐵器敲響我生命的節奏，伴隨惡魔得意的歌聲。

我們來到第一座城堡的白石之下。鐘聲大鳴。聲聲呼喊著我再熟悉不過的句子：「攻擊！」而後是聚集居民的號角。馬蹄、鉸鏈、武器交擊、城牆塌落……戰爭始於各種聲響。問問那些戰後餘生多年後仍被隆隆雷聲驚嚇的人就知道。每個人都試著找回單純的聽覺，找回只聽見雷聲的時光。

我停下軍隊，開始設營，接著裝置投石器和攻城塔。該是出動工兵的時候了。他們潛至牆下。工兵必須趁著油還沒燒熱、燙不了他們前完成工作，因此通常很早動工。第一批投彈落在他們寬大的鐵帽上，但他們並沒有停下工作。工兵的肩如銅牆鐵壁，他們的武器是十字鎬，無聲無息、不知疲倦地挖掘，有時甚至得在夜裡趕工，直到城牆倒塌。因此，當投石器突然挺起，巨石自它們張大的嘴裡飛出時，我將會看到城牆在我眼前晃動傾圮。在箭如黑雨般落下時，我想到的是十字軍出征時帶回來的故事。噢，東方！傳說畢波羅斯（Byblos）城堡有座九十度直角的入口；薩雲（Sayun）城堡的防禦工程極為紮實，令攻城的工兵無技可施；當地戰士們還會點燃一種防水的火藥。總有一天，我會為了這些戰爭的知識而前往。回返法國時，我便能建出一座夢想中的堡壘。我在腦海裡畫過無數次它的藍圖！我會叫它蓋亞城堡（Château-Gaillard）。它會座落在山脊之上，不落下任何死角，還有雙層城牆、三角型的稜堡，形成一個交錯難破的防禦工程，和眼前這片正在傾毀的牆完全不同。我原本計畫用投石器把腐肉丟進城裡，召來蠅蟲入侵。現在看來沒有必要了。梯子已架在垛口上，我的士兵開始往上爬。梯子最頂層的第一批人晃動掉落，但後面的人仍在推進。地面上的城門在攻城搥的猛力撞擊下發出碎裂聲。

時機成熟了。我抽出寶劍。

七歲那年，我操木劍的技術極好，教我使用武器的老師向母親說了我的事。她回道：「給他一些挑戰。」我擊倒了所有的人形靶。她又說：「給他真正的對手。」於是我又放倒了梅卡迪耶。我學習把長槍夾在腋下，學習控制馬的速度。我贏了所有的對決和比賽。而後，我又試著操控長劍，但我的劍不願順從，彷彿是要我也起身反抗。反抗誰？我不清楚。但我的桶盔最後因為受到太多外力攻擊而變形，以至無法取下，只得把頭放在鐵砧上，讓人用榔頭敲下它。

北方的軍隊也傳來捷報。亨利攻陷奧馬利後，繼續往南攻佔勒福馬歇（Neufmarché）。進攻韋爾諾伊的路易成功地從攻城塔上將死老鼠投入水箱中。連日缺雨助了他們一臂之力，就連周圍鄉村也傳來嘔吐聲與哀號。軍隊在半路攔下前往韋爾諾伊的車隊，搶走所有資源。在沒有後援的情況下，應該撐不了太久的。至於若弗魯瓦，他也取下了多爾城堡。金雀花的領地接連投降了。

信使們策馬奔馳，在路上交會，偶爾也會有農民發現他們蜷成一團躺在路邊小睡。我們每天都會給艾莉諾捎去戰況。

在她平靜的外表下，正在翻騰的，是阿基坦遭到剝奪、兒子夭折和長子受辱的痛苦，以及她以為可以成為盟友的男人專制而精明的手段。總而言之，是信任的破滅。吟遊詩人們已著手撰寫新故事了，他們稱之為「無愛之戰」。

戰場上有我愛不釋手的那些感受。衝向城牆時的呼喊；馬匹衝刺時的快感，以及與牠合而為一的信念；盾牌的衝撞、軀體的碰擊。我的劍此時已被我馴服，承受著打擊，為我開路。我有時會看到梅卡迪耶壯碩的背突然變得柔軟輕盈。他縱身一跳，一個大轉身，厚重的髮騰空蓬起再落到肩上，一瞬間來到我面前。那一刻，我們四目相交，我能看見鐵面具下那雙邪惡的眼神，我的視線仍未從他的雙眼抽離，劍就像有了自己的生命與力量，從他的側身刺向後方。我對他的招式瞭若指掌。軍隊也因聽見他渾厚的嗓音呼喊我的名字而士氣大振。周圍的景物也參與了這場戰爭。瀑布傾洩著紅色泡沫，麥桿平鋪在地，成為被刺傷倒地之人的最後一片榻床。我向前行，血在劍上流淌。我走在戰後的死寂之中，在橫陳的屍體之間。

然而，隨著戰事發展，我開始感到有些不對勁。我給母親的信裡寫著：**憤恨過甚**。有些人甚至赤手搥擊白石灰岩造的牆。無法控制怒火的人是不可能打贏戰爭的。除此之外，我也寫了：**我們過於分散，必須小心**。散沙不能成事。最後加上一句：**不能小看對手**。金雀花可是女公爵的丈夫，也是勇士之父，和我們實力相當。

七月二十五日，諾曼地的軍隊在布雷地區的納福沙特（Neufchâtel-en-Bray）城牆下亂了陣腳。亨利失去對他們的控制，士兵盲目攻擊、失去方向。

路易也陷入韋爾諾依的苦戰。那座城比想像中更難奪取。城中的人淹沒城牆下的土地，藉此牽制攻城機器。他們也擁有充足的箭矢和物資，儘管井水被下了毒，也不斷遭到投石攻擊，卻始終堅持著。

八月，艾莉諾捎來信件警告，內容是關於父親的。他第一時間大吃一驚，妻子和三個兒子聯手發動叛亂！據說他呆立許久。信使又說，他回過神後召集了一支有兩萬名傭兵的軍隊，兩萬人！資金從何而來？回答我的是路易，他以潦草的字跡寫道：他把加冕寶劍賣了，上面鑲了鑽石的寶劍。我放下信件。賣了劍的人肯定是抱著破斧沉舟之心的。這種人最為難纏。

短短五天內，金雀花自盧昂（Rouen）移動到位於諾曼地和布列塔尼邊界上的聖詹姆士（Saint-James）。速度之快，前所未見。他摧毀了所到之處的所有橋樑和磨坊，孤立所有人民。他攻破了第一批諾曼地的要塞，在收復的垛口上插下自己的旗幟。我們的支持者聞之喪膽。傳聞他在幾天內洗劫多個城市，帶走上百位戰俘，力量之強大有如拔出石中劍的亞瑟。

我握緊了手中劍，調度軍隊和物資，準備好應戰。按理來說，父親應該要往南朝我們而來，但他卻出乎意料之外轉往巴黎。他的目標是位於雪弗勒斯（Chevreuse）谷的布勒特伊（Breteuil）城堡。城堡屬於一位英格蘭男爵，見父親攻來便主動棄守了毫無防禦能力的城堡。八月八日晚間，布勒特伊已是斷垣殘壁。

父親再度動身，朝南部的佩爾什去，目標是路易。他在韋爾諾依的丘陵上紮營。位在山下的路易抬起頭，看見父親的軍隊陣仗，又環顧四周。他們腳下滿是混著爛泥與汙血的水坑，旗幟有氣無力地飄著。百合花給了他答案。法國國王對前妻外子的復仇之業已宣告失敗。

他讓步了。身為盟軍的他不願開戰。他拔起營釘回返法蘭西島。直至今日，我還難以下筆。路易落荒而逃。父親站在丘陵之上品嚐著勝利的滋味。英格蘭國王趕走了法蘭西國王，後者未戰先降。

消息傳至各地軍隊。母親這時心裡想著什麼？她意識到這將是她這一生中第一次面對失敗了嗎？她寄來的信裡談的都是我們，她的兒子。她一再強調要我們保護自己。她呢？誰來保護她？現在，她將面對的是教會的憤怒。父親向教會提出請求。神職人員正在評估終止這段婚姻的可能，同時也考慮將這位反叛的妻子革除教籍。他們引用聖保羅之言：「男性乃女性之首。」多麼義正言辭啊。盧昂主教去信：「女人不受丈夫之教即違反天性。噢，高貴的皇后，請回到妳的伴侶和我們的國王身邊。帶著妳的兒子們回到妳應臣服的丈夫身邊。」

艾莉諾彎下腰，輕盈地把信丟入火焰之中。

幾天後，父親掃蕩布列塔尼地區。他在多爾城堡攻擊若弗魯瓦，快速收復了被攻占的城市，同時俘虜了十七名騎士，最後決定吹起大風捲走殘雲。這就是人們畏懼的金雀花，一個沒有設限的野蠻人。十一月初，他侵襲旺多姆（Vendômois）和安茹，再往南至土罕（Touraine）和普瓦圖地區。

我在那裡應戰。我站在普瓦捷的城牆上，看著飛揚的塵土漸濃，不多時，繡著金獅的旗幟與獅子張牙舞爪的模樣便映入眼簾。幸虧艾莉諾早已離去，往北投靠她的叔叔。

不久後我發現朝我而來的不是父親，只是他的軍隊而已。他已在前往艾莉諾的藏身之處了。

我趕緊派人警告母親。她必須離開那裡。我們相約在往沙特爾（Chartres）的路上會面，再一起轉往巴黎，投靠路易。

我抱持著信念對戰，喚來女巫和旋風，喚來所有身邊可動用的力量。這裡的洞窟內壁可是被龍的鱗片磨得光亮。我無所畏懼。金雀花的士兵眼露嗜血凶光，勝利的滋味更把他們燒得白熱。這些人我都認得。他們都曾是我麾下的戰士。如我所言，這些傭兵都已見風轉舵。梅卡迪耶見狀火冒三丈，立刻想衝上前去。我制止了他。對戰爭的知識一無所知的傭兵，永遠無法成為騎士。

我和宏松的若弗魯瓦制定了一項計畫，將在夜幕降臨之時包圍敵軍。一支騎兵隊以鉗形隊伍包抄，在休憩之際、營火初升之時突襲。我們騎在馬上，彎著腰。我的劍一次穿透了兩人。持劍的手沒有顫抖。斷頭的身影又走了幾步才倒下。我以普瓦圖方言喊出指令。這幫土匪聽不懂命令，卻很能打。我們近身肉搏。我認出一個戴著頭盔、脖子上還殘留一道血跡的人。是那個被我砍了耳朵的傭兵。我嘶吼著進攻。後方的梅卡迪耶喊了我。若弗魯瓦的手臂中傷，已陷入昏迷。我把他扛在肩上，梅卡迪耶揮動斧頭保護我們。我偶爾會認出幾張桶盔下的面孔。那些面孔都曾是我方兵力，我了解他們的品味、笑聲和嗓音。然而，對一個失去發言權的人而言，發出什麼聲音有什麼差別？我的刀尖插在他們桶盔的底部和肩膀之間。曾祖父的技倆救了我兩次。每當有士兵重壓在我身上，安置在我胸前的刀便會彈出，刺進對方心臟。被刺穿的身體顫動著，至少再無反擊之力。

夜裡，我躺在城垛的石頭上。我把手抬到眼前，僵硬的手握著一把隱形的劍柄，我抽不出劍，也無法放鬆。在這僵直的手之後，是一片浩瀚的星晨大海，一個目光空洞的旁觀者。我低吟著出生時的那首歌，沒唱幾句又停了。我想著艾莉諾、瑪蒂爾德，想著這些如星晨般白皙、遙遠的女人。一股強烈的憤恨從心底湧出，我分不清它究竟是為了陷入險境的母親、無父的孩子，或是這場無愛之戰而生。

我不知道父親當時已包圍了母親的藏身之地，但母親已祕密奔逃。她扮成男人，穿上長褲、長袍，頭戴一頂布帽。聽見她的脫身妙計時，我忍不住笑了。扮成農民的皇后！教會要是知道她這麼做該怎麼想！

她馬不停蹄地趕路，幾乎就要逃出普瓦圖，奔赴沙特爾與我會合。就在穿越一片森林時，一張網自樹上落下。母親立刻反應過來，將腳抽出馬鐙。她試圖掙脫，後方又傳來隨從的呼叫。她轉過身，一個身影從樹枝上墜下，雙腳先撞上了她。艾莉諾學過如何墜馬，她蜷起身子，在地上滾了幾圈，伸手抓出縫在內裏的匕首。但已經太遲了，劍尖已點在她的脖子上，將她制服在地。攻擊者皺了皺眉，猶豫了一秒後才露出笑容。他大聲喊道：「抓到皇后了。」

而我，我在城牆上踏著闌珊的步伐，下方的傭兵帶著苦笑收拾殘屍。我呼喊著，雙手打在石頭上，劍在空中亂揮亂舞。梅卡迪耶聽著我咒罵，一邊伸出厚實的手把我從邊上拉走。我們輸了，母親也倒了。我這一生都將活在她遭捕的惡夢中。

那一幕成了煎熬，一開始甚至變成一股力量，支持我繼續反抗。而我並不孤單。艾莉諾被逮捕後好幾個月內，有幾個人和我一樣堅持戰鬥。自從在韋爾諾依退縮蒙羞後，路易肯定也和我一樣難以入眠，此時他又重整軍隊前往盧昂對抗金雀花。教宗震怒，寄出一封信函給路易。那是他第一次無視教會的警告。

亨利也不甘示弱，準備登陸英格蘭。蘇格蘭人在當地殺紅了眼。父親的氣勢激得他們失去理智。他們撞開教堂大門，濫殺孕婦和神父。英格蘭的鄉間隨處可見疲累的馬匹和牠們身上掛著的屍體。

我再度前往沙特爾，準備奪回失地。但當地居民畏懼金雀花，拉羅歇爾（La Rochelle）竟拒我於城外。我又轉向桑特（Saintes），情況無二。最後，我們只能前往若弗魯瓦位於桑特北邊的泰勒堡（Taillebourg）暫歇。

我們曾在這裡度過好些日子。我品嚐過這裡的女子，也參與了盛大的比賽。早在憎恨之心凌駕一切以前，艾莉諾和路易就是在這座城堡的某個房間裡度過他們的新婚之夜。宏松的若弗魯瓦當時就在母親身邊。我們還是孩子時，他就見過我們了。叛亂之始，他也伴我左右。母親所有的近臣好友中，我最欣賞他。

他在宮殿中迎接我的到來，用他健全的那隻手臂將我擁入懷裡。他的頭髮斑白，飽經風霜的臉龐上掛著一道疤痕。他端詳著我。我在他身上看到智慧、榮譽和一個父親的影子。他抱著我，把我推入大廳。

烤肉架上串著野味。若弗魯瓦請人為我的手下準備熱水，並交待了食物和娛樂，接著又把兩個女子放在梅卡迪耶腿上，然後示意我隨他前去。

房裡的寂靜令我感到暈眩。我有多久沒有這麼安靜過了？豐泰夫羅修道院的景象突然自腦海裡浮現，我想起了修女們用餐時的靜默，以及她們交錯而坐的習慣。這項儀式令我印象深刻。三百名修女坐在向陽的餐廳裡，寬大的空間裡，她們背對著背用餐……我現在理解母親對這修道院的眷戀了。這份安寧就是她心之所往。

我的朋友走近火堆，翻動炭火。他沒有轉身，輕聲地問道：

「理查，接下來呢？你接下來要怎麼做？」這時我的鬍子已修整好，頭髮也已清理。厚實的披風輕撫我雙肩上的傷痕。數月來我一直披著盔甲。現在我只關心一件事。

「她在哪裡？」

他放下手中的撥火棒。他的嗓音，噢，那嗓音將永遠留在我的記憶之中。

「你的父親本來把她關在希農的塔裡，接下來會把她帶回英格蘭。我跟你說話的同時，他們應該已經在巴弗勒港準備登船了。你應該早就料到了，他和你的弟弟約翰一起。約翰看著母親被囚禁。唉！他俘虜的人裡也包括……你的未婚妻，愛麗絲。女兒被俘，我不確定路易還能堅持多久。」

我一點也不關心愛麗絲，而且很清楚箇中原因。若弗魯瓦坐在我身邊，雙眼仍盯著爐火。

「你的父親會是勝利的一方。他會抓到愛爾蘭國王。他可能會花上一點時間，畢竟除了阿基坦人外，沒有人比愛爾蘭人更難纏。這件事成功後，你的哥哥亨利就會明白，入侵英格蘭並非易事。他會轉而幫助路易圍攻盧昂。但你父親會迅速解決他們。他會從朴茨茅斯（Portsmouth）出發，帶來四十艘船艦。我想他在兩天內就能看到盧昂的屋瓦了，用不了幾天便能制服敵人。理查，你也逃不了的。因為你沒有別的退路。你要怎麼做呢？要和父親正面對決嗎？你贏不了他。躲到別的國家嗎？別想了，你可是阿基坦公爵。『扶起那毀壞的，守護仍屹立的。』你必須這麼做：你要宣誓效忠你的父親。這是保護你的母親最好的方法。你也很清楚，敗者屈膝。」

幾天內，我們幾個兄弟相繼投降。

我們在蒙路易（Montlouis）——這座深受我們喜愛的羅亞爾河畔小城——正式向父親求和。我雙腳踏地，聽見如笛鳴般的鳥叫，立刻認出那是煤山雀的聲音。阿基坦人相信自然的聲音和碎語，我們會去解讀徵兆。煤山雀便是其一。周圍這一大片寧靜的綠地褐彩也一樣。我呼吸著田野、山林、小溪的氣息，一陣感慨湧上心頭。山河美景不識人情，兀自成長，終究與我們的命運無關。它們對森林深處那張自樹上撒下的網毫不在意。它們不解善意，更無感激之情，徒留三名敗寇面對他們的父親。我們希望世界變得更好，結果卻令人失望。我的這片田野將帶著笑顏逕自存活。

這份感傷似乎感染了所有的人。壓力已離我們遠去。戰爭讓我的兄弟們精疲力盡。他們下馬的模樣，舉手投足都透漏著沮喪。

令我感到驚訝的是，我在父親身上也看到了同樣的反應。金雀花從未想過他的兒子會聯手反抗自己。他的近臣們都竊竊私議著，他的內心刻著一道又深又痛的傷痕。事實確是如此。站在我眼前的他有著同樣粗壯的身材，隨時準備撲向獵物，但卻有一些東西改變了。他的動作和眼皮都顯得沉重，下垂的唇角透露著他的失落。他的內心深處似乎有什麼東西垮了，我不禁思考，會不會他才是那個真正敗北的人。

他的身後站著一個纖弱的身影，身形和母親相似。女子站在篷子邊緣的陰影下，看上去泰然自若，就像一盆被遺忘的花。那是羅莎蒙德·克利福。

父親緩緩說出談和條件。作為歸順的賞賜，亨利將獲得諾曼地的兩座城堡；若弗魯瓦得到布列塔尼年收入的一半；我則得到普瓦圖的兩座宅邸和阿基坦年收入的一半，他這是拿我當藉口掠奪母親的資產。

除此之外，他也趁機給了約翰諾丁漢（Nottingham）和馬爾堡（Marlborough）兩處領地、兩座諾曼地城堡、三座分別位於安茹、土罕和曼恩的城堡和上千英鎊的收入，任何人不得有異議。

這項條款已獲得路易的同意。

我們沒有說話的餘地。

亨利又一次吞下苦果。他依舊沒有得到實權，獲利的仍是約翰。若弗魯瓦的心思早已不在，他只有一個心願——迎娶布列塔尼的康斯坦絲，管理那片土地。而我，我試圖忘記我的存在、我將要承受的事和這個國家給我的綽號。人們將會叫我「Oc e no」——「是與否」。我曾經無所畏懼，最後竟拱手而降。我的存在就是一種恥辱。

我對上了父親的目光，把落敗的心情、我的憤怒和那些無愛的戰爭全投入交會的眼神，再加上被我們套上枷鎖的母親、無力救她的憤慨，以及復仇的決心——我從她那裡承襲了那對緊握的拳頭。

然而，我清楚得很，除此之外，我已無能為力。宣誓效忠的儀式在勒芒大教堂舉行。這座教堂看上去就像一個巨大的白色蛋糕，虛榮、臃腫。我對這個地方沒有好感。教堂內座無虛席。我從配著劍的絨毛披風下穿過。梅卡迪耶寬闊的肩在人群中特別醒目。他擠出淺淺的微笑鼓勵我。我在父親面前脆下，頭上沒有冠冕。我將宣誓效忠於他。那一刻起，一切都結束了。我必須服從他的命令。如果父親要求我把阿基坦燒毀，我也沒有權利拒絕。一言既出、駟馬難追。我強迫自己忘記母親還被關在索茲斯柏立（Salisbury）的高塔之中。她的影像自我腦海裡褪去之時，儀式便開始了。我伸出手，讓父親握住它們。

叛變之後

我那親愛的夫君以為他已將我擊垮？他太不了解我了。不過，他也已盡了全力……五年、十年或是十五年的監禁？我沒有計算，只知道我從未屈服，若是那樣就順了金雀花的意。怨恨不就是如此。它能給人活下去的動力。他禁止我和孩子們聯絡，這麼做當然命中我的要害，但我沒有因此倒下。只是每當陰暗的囚房泡在清晨的微光裡我便會多一絲絕望，而當他提及理查時我又會更軟弱，他便能藉此佔上風。這種狀況令我感到恐懼。然而事情就是如此。我為一個男人生了八個孩子，最後再向他宣戰。

他把我囚禁後便公開和羅莎蒙德．克利福出雙入對。她取代了我，坐在金雀花的身邊參與宴席，出席各種正式的儀式。遊行時，她的馬會在英格蘭王國的旗幟下行進。別想了，我可不會朝她丟石頭。畢竟我從未禁止他和別的女人過夜。而且平凡女子愛上國王的故事……我喜歡。挑戰傳統的行為多少都有點傳奇的意味，我並不陌生。要我如何感受威脅？我還沒退場，這件事他也很明白。他對我仍保有戒心。在這些前提下，羅莎蒙德根本無足輕重。「撼動一個男人，靠的是精神上的恐懼，而不是肢體上的威脅。」這是古老的巫女俚諺。如此看來，我才是贏家。金雀花把我視為威脅。叛亂後，他放走了愛爾蘭國王，並和路易達成和平協議，只有對我，他毫不留情。我是唯一受到懲罰的人。多年來，我都在等待他的死訊——到那時，我才能擁有真正的自由。

他隨心所欲更換囚禁我的地點。溫徹斯特（Winchester）、白金漢（Buckingham）、拉德格舍爾（Ludgershall）和索茲斯柏立……特別是索茲斯柏立的那座高塔。

我在這座囚塔裡多久了？我以牆上的裂縫為窗，從那裡，能看見塔外的樹。黑色的枝條如臂膀搖曳，對著我招手。雨恣意地下，但這粗風暴雨並未摧折它們，反而讓它們在重擊之中閃耀。我憶起家鄉的樹。它們佔據了我所有的心思，隨我流轉各地。在我內心深處，長途的騎行、矗立的白樺樹叢始終歷歷在目。我行經葉梢被狍鹿咬食的年輕杉樹、陽光燦爛的林地和池塘邊的山毛櫸林。絲帶狀的樹影波動，陽光試圖穿透林葉。接著是橡樹、榆樹與山毛櫸的地盤——這些樹習慣密集生長，共同抵禦光線的入侵。在豐泰夫羅的日子，我經常閑步於灌木叢與溼冷的泥味中。我知道籬笆的那端又是另一種景致，柳樹、白蠟樹、榿木，都是習慣隔開距離，擁有各自的天空和氣流的樹。一陣呼嚕與窸窣，是野豬正在尋找一灘死水淤泥。春日裡，蜜蜂會群聚在椴樹上，樹也嗡嗡作響了起來，彷彿是大群蜜蜂植在土裡。這般景象何處能尋？車隊駛過，人人嘴裡唱著我的名。柴火間逸出燒肉的香氣。慶典就要開始了……

但我不能分心。回憶就像精幹而不知疲憊的士兵，總在夜裡來襲。逃匿無濟於事。它會爬上你的牆，翻過你的門。它沒有惡意，只是像對自己的權利了然於心那樣悠然地闖入。但即使它們閃耀得像仙女的衣著，沉睡的人仍會被它帶來的陣陣寒意纏身，無法動彈。

這就是我的失敗之處，我放棄了掙扎。我躺在囚房裡，理查來到我眼前，抽出他的劍，用他那迷人且焦慮的眼神望著我。我聽見馬匹回到宮裡的聲音，是亨利和若弗魯瓦剛從獵場回來，尚未定神。他們的雙頰因為在森林裡奔馳而漲紅。現在則是一個寧靜的房間和爐火，瑪蒂爾德坐在火前，一如往常般嚴肅。她的腿上坐著最小的孩子瓊（Jeanne），濃厚的睡意壓得她抬不起頭。房裡傳來詩人說故事的聲音，說的是崔斯坦和伊索德，以及他們和平相愛的訣竅。瑪蒂爾德聽著故事。我的寶貝們身處我的護牆之中。

看守者把我的食物推進來時經常會低聲說幾句客套話。他們為我準備了雞肉、傳遞訊息。看來外面支持我的人沒有變少。這是個好兆頭。我依舊是皇后。房裡暗一些也是好事。我才看不見自己的頭髮變成了什麼模樣。

愛麗絲堅持為我整理頭髮。她和我一起被囚禁於此。這孩子是法蘭西國王路易的女兒，也是理查的未婚妻，然而她在這裡卻像個低下的侍女。縮在牆角的她聽見我的腳步便會立刻跳起。我一張嘴，下一秒她便衝到我跟前行禮。我端詳她的模樣，有點不解。理查要和這個笨拙扭曲、嗚咽啜泣的女娃結婚？……年僅十四，就對老女人充滿畏懼的女娃！理查是基於這個原因不願意娶她嗎？絕望令我變得敏感，無法忍受和一個哭喪著臉的人過日子。愛麗絲正在行禮，我一把抓住她的下巴，抬起她的頭。她害怕地瞪大了眼。那一瞬間，我似乎看到了她父親的影子。路易那令人厭煩的溫馴，那懦弱、不戰而敗的個性。

我趁機問了她我唯一關心的問題：為什麼不和我兒子結婚？愛麗絲撐開雙唇卻沒有任何聲音從裡面出來。兩道淚水又從她的眼裡滾了下來。我嘆了口氣。這個國家的水還不夠嗎？我又用堅定的語氣問了一次。這一次，愛麗絲蜷縮在地面，而我也受夠了。我抓起她的衣領，現在，我命令她給我明確的答案。

她被金雀花玷汙了。這就是理查拒絕娶她的原因。

我對她的答案竟然一點也不驚訝。那是個把慾望當作權利的人。以我對金雀花的了解，這種事早在預料之內。但我掛念的是理查。他知道父親玷污了未婚妻嗎？如果知道，是從何得知的？為什麼他從未對我提起？他對這件事有多了解？我必須停下這些疑問了，因為我的雙手還掐著愛麗絲，掐得她幾乎要窒息，沒人能從死人身上挖出答案。

接下來的幾夜我都沒有瞌眼。世上存在許多無法解釋的事，但我確信，一個被囚禁的母親對孩子的思念一定能藉由某種方式，傳遞到孩子的枕邊。理查，我從這高塔深處為你傳去我所有的力量。你要想著在深谷之中，還有看不見的睫毛正在拍動。你會堅持下去。我們能度過所有難關，包括一個父親。他會掠奪你的權力、未來、你未娶的妻子和我們的土地。你對阿基坦做的事我都知道。那是他的命令。你背叛了我，但你有別的選擇嗎？宣誓效忠後就必須服從，這是我教會你的。那是話語的價值。我們把聽覺視為一種感覺。孩子，我想說的是，我能聽見你對我說的話。

我也原諒你。有人對我說你像野獸，夜裡和從別人家裡搶來的女子盡歡，晨光灑下時，你又準備出發踐踏自己的領地。去吧，大開殺戒，反正你別無選擇。我知道你那層獸皮下藏著痛苦和羞辱。也知道你對我的愛。那份愛使我感到恐懼，卻也讓我活下去。你能懂我的，畢竟你的內心和我一樣是孤獨的，我們想得太多，以致於感受不到全然的快樂。我們羨慕那些能敞開雙手、隨心發言、相信世界大同的人。我們總是戒慎恐懼。然而，問題在於，危險從何而來。小時候，你想和暴風對決，只有瑪蒂爾德在你耳邊吟唱你那首歌，才能讓你冷靜下來。還有百合花也是，我多麼希望能用百合覆蓋這牢房的地面。你是一隻被放飛的猛獸，和我之間的距離是你的養分。如果我來到你面前，對著你微笑，伸手撫摸你，你便會失去這狂暴的力量。我並不為這樣的力量感到驕傲，但看到它能護你周全，我便安心了。你能理解我的想法嗎？這是身為母親的思維。我的靜默曾是你最有力的武器。你對抗它們，因此，如今你才懂得如何保護自己。兒子能保護自己就是我眼裡最要緊的事，在我明白死神連三歲的孩子也不會放過後更是如此。

母親，我像個不知廉恥的罪人般大開殺戒。我知道您就在英格蘭的某處，被監禁於高塔之中。我毫無節制地殘殺掠奪，而這樣的自由是極大的不義。您聽得見我抗拒黑夜的吶喊嗎？您看得見我每日奮力懲罰自己嗎？您是我的後盾，是我唯一的盔甲。我想，沒有人會這麼對母親說話吧。但我無法忍受看您受到這般折磨。

理查，你知道我如何能在夜裡入睡嗎？你知道我怎麼能在這種處境中繼續呼吸嗎？我低聲覆誦著一則預言。人們口耳相傳，把預言帶到這個國家的每一個角落。沒有一戶人家不在晚間的爐火前輕聲傳述。這則預言來自一本關於巫師梅林的書——教會沒能把巫師換成上帝。相較於宗教，人們還是偏好魔法的，這也代表他們仍然保有清醒的腦袋。這本書中記載著梅林的預言。有一則關於「雙頭鷹」的預言說的就是我，我曾在法蘭西與英格蘭兩次為后。其中一段是這麼說的：「北方的王像圍困一座城市般束縛你。不過啊！你的孩子們會聽見你的聲音。毀約的鷹將為第三次築巢而欣喜。」高牆因此傾塌。希望如潮，淹沒了我，我的第三個巢就是你啊，理查。

我摧毀我們的土地。我擊碎了城牆，抓走了我們的朋友，所有與我們共同起義的盟軍……最糟的是：我聽命於父親，抓了宏松的若弗魯瓦。您會原諒我嗎？我包圍了那座曾庇護我的城堡。噢，他那飽經風霜的臉滿是驚訝地瞪著我，伸出一隻手讓我為他上銬，因為另一隻在戰爭中廢了啊！當時是我救了他，將他扛在肩上！他一句話也沒說，悲痛的表情說明了一切。我彷彿又看到那晚他面對爐火，和藹地預告著我將失敗。我牽著若弗魯瓦，牽著這位偉大的領主，穿過那間幾個月前梅卡迪耶和我的士兵們在經歷一番對戰後開懷縱酒的大廳。即使他是我永遠的朋友，即使他在我潰敗之時收留過我，都無法改變父親要我抓他入獄的意念。我們走出泰勒堡時，人們都站在垛口上，大聲喊著「Oc e no」，邊朝地面吐口水。

你肯定內疚不已！要是你知道愛麗絲和你父親的事，你對他效忠的誓言會顯得多麼殘酷啊！不要害怕，想想那則預言。你是母鷹的第三個巢，巔峰就在不遠處。

我知道愛麗絲的事，只是沒有和她談過。我就像在抹除一塊汙漬或令人羞愧的事般，盡全力逃離她身邊，甚至連她後來的情況也不關心。每每有人提及這件親事，我都顧左右而言他。承諾、謊言，都是爲了拖延。您現在能理解我爲什麼偏好窯子裡的妓女了嗎？她們遇過無數的男人，卻從未被父親染指。從某種角度來看，她們是純潔的。

我們會重整旗鼓。「扶起那毀壞的，守護仍屹立的。」我的確沒有擊垮你的父親，但我在文字之戰上勝利了。除了我先前提過的預言外，還有其他關於我的記錄。以我的故事寫成的，或是我讓人創作的歌曲、詩文、書籍都是勝利的標章。我的武器，真正的武器，歷經幾個世紀將仍舊屹立的，是文學。金雀花可以和羅莎蒙德卿卿我我，可以玷汙愛麗絲，可以監禁妻子……但隨時間流逝，會被記住的是那些我讓人寫下的篇章。我過去曾供養詩人，讓他們為我寫下將超越我生命長度的故事，就像放飛一隻鳥。鳥兒會飛到我們的視線之外，但我們知道，牠將飛越許多邊界。今後，無論我身在何方，無論發生什麼事，這些書都會述說著一個皇后被關在玻璃城堡、布候賽良德森林⑮和水底宮殿的故事。再也沒有人會對男人需歷經考驗才能勾引女子感到驚訝：這些書裡寫出了一些關於愛情的基本禮節。我創造了夢，而這些夢與土地不同，不屬於任何人。只抱著一本書死讀的那些人肯定會失去理智。他們讀書的方法就像驢子嚼草般念誦字句。我的故事離經叛道，他們根本無從審判。它們因為在不同人的手裡傳閱、在陌生人的嘴裡流轉、被用不同的眼光讀取而感到愉悅。在萊茵河的另一邊，阿爾卑斯山和庇里牛斯山的另一頭，現在也有了他們的歌曲、圓桌和淫樂的婦女。要是身為這塊土地上第一位吟遊詩人的祖父地下有知，定會感到無比

⑮ Brocéliande，傳說中亞瑟王與巫師梅林的故事發生的地點，還有各種神祕傳說都圍繞著這個森林。

驕傲！而最諷刺的是，由於亞瑟王的故事在英格蘭流傳甚廣，金雀花竟派人搜尋他的墳，並對外宣稱亞瑟之所以為王都是我的傑作。

金雀花當然也試著從我擅長的領域打擊我。他要求編年史家記錄他個人的版本。這些事我是從那雙帶著手套、為我送餐傳訊息的手那裡得知的。我貼近牆壁裂縫透光處打開紙捲。人們將會這麼傳述，亨利是這場戰爭唯一的始作俑者。而我，早已被歷史抹除，是個不存在的人。我讀著紙捲中的字：「這場戰爭唯一的罪人是亨利。他帶領整個軍隊反抗父親。一人的荒唐讓無數人隨之發狂。」

開什麼玩笑！講得彷彿我的長子有那麼一點瘋狂！他就是過份理性才會走進悲劇。乖巧和順不是能顛覆世界的特質。可憐的亨利。他那張臉像極了他的父親，一個拼命尋求認同卻總是失敗的人，遭父親阻擋，夾在兩兄弟間，一個耀眼，另一個是幽靈。他曾邀請所有名為威廉的騎士共進晚宴。那是一場為了消磨時間的遊戲。威廉……那晚共有上百個威廉共聚一堂。

今天是立夏。英格蘭的昏沉更勝以往。這裡的人不識橙色的田野，也聽不出牛群在低沉的夜色中返棚的腳步。那是個只有廢墟和長矛的國度，四季不分，只知束縛，是個以海作為護城河的監牢。

我聽見海鳥的鳴叫。墊起腳尖便能看到大教堂。噢！那些不知謙遜、與天相競的人啊！我的心裡藏著一個小確幸。我喜歡想像在那美麗的外牆之中，教堂裡的那些人知道我正看著他們。我的一生都在與他們對抗。湯瑪斯．貝克特、主教和教宗：他們和我之間隔著的是猜疑者的福音。那年我交出法蘭西皇后的冠冕時，他們彷彿被掐住了脖頸。這一次，我戰勝了。一個以兒子之力反抗丈夫的妻子！一個有能力發號司令、組織軍隊、發起戰爭的女人，一個要男人與她同盟的女人！對這些光頭的太監來說，簡直是地獄。雷恩的主教甚至寫了一張抨擊皇后的傳單：「她們和奴僕一樣卑賤，她們是仇恨、混亂和盜竊的源頭。」這話說得對。皇后從來都只是一個滿懷抱負的女僕。

日復一日，我試著感受快樂的氣息。這是在接下來的數個時辰中支撐我的力量。夏季的到來為我送上一縷海風。海洋的氣息足夠讓我再撐一日。另一天，城裡的某處傳來的笛聲能為我提供兩夜的平靜。我回到宮殿之中，詩人環繞在我身旁。我走在路上，在比武場的看台上，我是那首在普瓦捷的街頭傳唱多年的曲調中所說的「四月的女王」。我馴服了記憶，令它成為我的盟友。記憶比遺憾更強大，內心深處對一件消逝事物的憂傷遠不及記憶來得強烈。我若能在記憶中找到我的城堡、理查的笑容或是清晨帶回的野味，那麼失去這些便不是多麼嚴重的事了吧？有了記憶，我便能描繪出一個王國、一點樂趣和一場狩獵。記住了的事物，便不會再失去。

一天早上，我得知金雀花為我的小瓊找到了一個丈夫。十一歲的她將與西西里國王結婚。多麼遙遠的王國！她的兄長將護送她到那裡。亨利帶她穿過諾曼地，直到阿基坦。理查則接手護送她至聖吉爾（Saint-Gilles）搭乘往義大利的船。我不知道她的婚紗會是什麼樣子，只知道浩蕩的護送隊伍將由溫徹斯特和諾里奇（Norwich）的主教帶領。我對這件事所知甚少，唯一確定的是沒能再見上一面她就離去了。

這麼想很悲傷，我也知道。然而，當烏鴉淒厲的叫聲響起，悲慘的天空降下愁雨時，我便放棄掙扎了。記憶又成了我的敵人。

我記得瑪蒂爾德要出發去未婚夫那裡的那天，我陪著她到港口。她當時也是十一歲。她騎馬的方式和我一樣，像個男人。我們後方跟著運載行李的車隊。我為她準備了豐厚的嫁妝。阿基坦的公主要有相當的行頭。四十口箱子和相同數量的皮袋，裝滿了衣裙和珠寶，壓得牲口喘不過氣。我還另外加了二十八鎊的金子裝飾箱子。

所有的行李都分別裝上三艘船後，我抬頭仰望多佛堡，一座金雀花自認堅不可摧的堡壘。堡壘居高蔑視著大海，傲慢的模樣近乎荒謬。它冷眼看著腳下的悲劇：我的女兒離去。她帶上了巴格達的緞帶，準備在慶典上妝點頭髮，也帶上了些許的自信。

她朝我伸出手，雪白的手腕彷彿在閃著光。她的船輕輕駛向她的丈夫薩克森公爵，一個比她大了二十七歲的男人。

永別的本質其實和我十分相似。靜默、隱祕。

我已經盡力了。我應該說點什麼，或伸手安撫的，但我有太多的顧忌，以至於無法當個溫柔的人。我抱持著孩子一定會過得很好的信念前進，心裡只有這個原則，他們會過得很好。但我錯了嗎？每天夜裡帶著做了好事的自信，安心入睡的幸福之人都在哪裡？只要情況允許，我便會要求女兒們在第一道陽光射下時出門。清晨的氣溫令人哆嗦，因此她們會披上斗篷。他們要我給女兒穿上束衣，要我注意她們的夢，要我用針線活填滿她們的日子，如此一來，她們便不會思考了。但我的女兒們懂得讀書、寫字和思考，也在我個人的指導下學會欣賞詩歌。她們從未抱怨過任何一句。說實話，我也未曾聽見她們哀嚎、高聲交談或大笑。我沒有教會她們快樂，卻給了她們武器。我的女兒都將嫁給必須參與權力遊戲的丈夫。唉，她們沒有選擇，但無論將面對什麼樣的命運，她們都不會退縮。我想，今日起，她們都得救了，因為她們都已離去。雖然不懂得笑，但她們抬著頭挺著胸，手握著拳頭。想要保護心愛的人錯了嗎？

隨著時間流逝，我想著孩子時也不再失眠。我甚至學會了接受孤獨與失去自由。就這點來說，我很有耐心，我相信清算的時機總會到來。預言從來不會出錯。然而，我無法接受的是失去權力。那是慢性毒藥，是潛伏的毒液，會慢慢侵蝕一個人的腦。聽說東方傳來了壞消息，穆斯林想侵佔我們的城市，教宗又發起前往營救敘利亞、黎巴嫩和巴勒斯坦基督徒的征戰。也聽說我的么子約翰獲得加冕寶劍⑯，還有路易對金雀花發出堅定的要求，要理查必須迎娶愛麗絲……世界上的流言傳到我的耳裡都像是震耳的雷鳴。它們逕自在我腳下流淌，我卻無權踏足。我跺著腳。我很清楚該做什麼、該放棄什麼，也知道如何嘶吼。

但我只能從縫隙間看著樹影。

金雀花有時會同意放我出去幾天。他這麼做與寬容無關，只是出於實際考量。他不在宮內時，需要皇室的權威監督王國的運作。他總會事先安排好，讓我見不著孩子。他把女兒放到遠方。至於理查和亨利，他們不會知道我被短暫釋放。而約翰，一如既往，總是陪著父親出行。

我不知道他們要帶我去哪裡。我品嚐著鄉間新鮮的空氣，被送到威爾特（Wiltshire）、拉德格舍爾或白金漢的城堡。國王的眼目日日夜夜監控著我。我有個羞辱他們的小技倆：我走路時會悄悄解開披風的扣子，讓披風滑落地面，士兵沒有其他選擇，只得屈身撿拾。這時，我會若無其事地往前走，而他們只得為我捧著披風。

處理完帳目、奏摺、命令和法律相關事件後，我會安排一場晚會和吟遊詩人共度良宵。儘管為數不多，我還是召集了所有仍留在英格蘭的詩人。總得為他們找點樂子。自從我被

⑯ 指的是他成為愛爾蘭國王。

監禁後，他們的臉色個個如死灰般陰鬱。我鼓勵他們開懷大笑、盡情創作，而我則閉著眼，聆聽他們吟唱我的成就。他們歌誦自由與團結；他們描繪出一個無人可及的赤膽之國，添上一些樹木溫暖的氣息、溪流清透的肌膚、荒原、沙丘和沼澤。那是我的家鄉。這些吟遊詩人總是能帶我回家。

他們也為我帶來其他國家的消息。歌聲被世界的雜沓打斷。他們說教宗正準備再次發起前往敘利亞的十字軍征戰。我曾去過一次。一一四七年，第二次十字軍出征時，我還是法蘭西的皇后。我們自梅斯（Metz）出發，目的地是安提阿（Antioche）。征途長達兩年。我不能讓路易獨自前往。更何況，誰規定了皇后不得隨行？我會說拉丁文。就我所知，路是 via，而生命是 vita。不過是一個小小的字母怎麼就成了綁腳的律法了？我帶上了我的禮服、珠寶和所有王國內的女爵。

前往聖地的征途，從未如此風情萬種。教士當然對此等醜事大聲疾呼——至少證明他的健康狀況良好。安提阿城裡的香氣至今仍繚繞在我身旁，混合了甜橙、沙土和黑棗，還有炙熱的陽光和短劍上發亮的鋼片。

然後，我又被帶回小牢房裡了。遠離東方……又是一個人了。聽說路易病情嚴重，愛麗絲被召回了法蘭西宮廷。而他的兒子，十五歲的腓力普，已開始共治。據說他積極地繪製藍圖，嘗試新的城堡結構。盡情地畫吧！讓我的前夫走進歷史吧！讓愛麗絲遠離理查展開自己的生活吧，她終究是個不懂得保護自己的人！所有弱者都該滾遠一點！

愛麗絲離去後，我的起居空間變大了。我要求他們在我離開的這段時間內鋪好地板，再加上一張床，總之，得像個房間。這樣好多了。

還有一些好消息傳來。好消息如此稀有，當它們降臨時就該鑼鼓喧天！羅莎蒙德死了。死了？是的，看守的侍衛答道（有朝一日我若能離開這裡，得幫他升個官。他壯碩的身形和盡心盡力的態度都讓我想起梅卡迪耶）。就這麼死了，流言滿天飛。外傳我下了毒，金雀花在王國各地指控我，甚至請人撰寫故事和歌曲，記錄我如何展現暗殺的才能。與我何干？真正讓我覺得可笑的，甚至不是他們想像我擁有自由，而是沒有被監禁的我會對羅莎蒙德的死活有些許的關心。彷彿我對她的重視足以讓我萌生毒殺之心！然而，這件事也有令我愉悅的部分，那就是得知金雀花受到嚴重打擊。身在高塔深處的我，甚至感謝羅莎蒙德送我這份大禮。他是否還像每次命運捉弄他時一樣大呼小叫、怒髮衝冠？有沒有在地上翻滾嚼食乾草？據說他請人用上百個蠟燭覆蓋她的墳。這男人唯一一次的體貼是給一具屍體。

然而，世界需要一點苦難才能達到平衡。好消息也是有代價的。而羅莎蒙德的死訊代價高昂。不久後，我得知一件令人擔憂的事，理查和亨利之間爆發了內戰。面對這樣的事，我無力掙扎。我呼吸困難。門後守衛的聲音急切地呼喚我。我靠著牆壁滑落地面。我必須回應他，但我的身體就像威廉死的時候一樣，冷得動彈不得。我站不起身，也撥不開眼前瀰漫的灰霧。我聽見門鎖轉開的聲音，接著是門。一雙手拉起了我。我感覺到床鋪的柔軟和腿上的毛毯。我全身發冷。我應該下了什麼命令，只聽見有人開口，有點猶豫地講述細節。但也許是我，突然看見了事情的全貌。也許是我自己吐露了深藏已久的擔憂，把災難化成了日常的課題，放在心裡。

理查和亨利。這兩人之間的分歧在聯手對抗父親時短暫消弭。如今，一切都結束之時，當他們嚐到失敗的苦澀時，兩人的競爭關係再度浮上檯面。急遽而猛烈！當然是金雀花的錯，他是這場糾紛的始作俑者——終究是他，一個只懂分裂的人。他肯定花了不少心力研究如何點燃孩子間的戰火。而他成功了。突然想起亨利已加冕為國王的他要求理查交出阿基坦。理查拒絕了。可想而知亨利肯定咬牙切齒，畢竟他總算可以得到統治一個王國的實權，總算離他的夢想近了一些。而理查的反應也是可以預料的，冷靜、盛氣凌人，堅定地守護我們兩人的王國。雙方音調高漲，而後是互相叫囂，隱忍的暴力迸發後，便是戰爭了。兄弟鬩於牆，才能有這般怨恨。亨利甚至聯合了若弗魯瓦！得不到阿基坦，他寧可毀滅——噢，自幻滅的希望中誕生的邪惡力量！他的殘酷令人恐懼，甚至連教堂也不放過。我的人民遭到屠殺。亨利洗劫了我的阿基坦，而他殺害每一個人的刀最終都刺向理查。活活燒死每一戶人家的火都將蔓延到我們身上。每一個因為被他追殺而呼救的母親都是我的替身。我看見一個夾在死去的哥哥和勇武的弟弟之間的兒子內心的苦澀，看到一個皇袍加身卻無實權的孩子。自唯一信任的湯瑪斯．貝克特和暗殺他的父親，再到路易和他的懦弱，這個遭到遺棄而非自願孤獨的孩子，看著身邊所有的男人一一倒下，自己卻無能為力。那麼多的痛苦，還能稱之為戰爭嗎？有個聲音這麼問道——是我的聲音還是另一個人，我無法得知，我的四肢僵直，心裡只有一個想法：到我的孩子身邊去。至於理查，他無畏地守護著受他兄弟威脅的土地。我的阿基坦四分五裂。安古蘭（Angoulême）拒絕亨利入城，但利摩日卻敞開大門。儘管如此，他還是沒有放過劫掠財富的機會，捲走了兩萬兩千枚利摩日幣！利摩日的資產！我的長子成了強盜。一一八三年，也就是今年五月，他搶劫了羅卡馬杜（Rocamadour）的聖龕後沿著多多涅河而下抵達馬爾泰（Martel），在那裡倒下了。他倒下了，那聲音繼續說道，春天就要到來，蜂群已蠢蠢欲動，就要覆滿椴樹，他的癱倒顯得有些格格不入。亨利捧著肚子，吐出了鮮血、全身扭曲，就連加歐赫（Cahors）的主教都趕忙前來關心。他被折磨了一個星期。最後，我的大男孩走了，而我仍被囚禁著。直到他生命殞落的那一刻，他都不會知道在英格蘭的某個地方，他的母親被約束在一張被淚水淹沒的床上。當一隻手為我撫去臉上的淚水時，亨利正哀求父親與他和解，再見他最後一面。金雀花拒絕了。他的長子死去，而他卻吝於移動腳步。

儘管如此，他還是給亨利送上了一枚戒指。信使將皮袋縫在大衣內側，飛奔至亨利身邊。奔馳吧，信使，把他最後的訊息帶到因為再也無法見到父親而絕望的兒子身邊。亨利看見眼前的珠寶，將它滑進指節，藍寶石壓在他蒼白的唇上。他要來了一件長袍，便能穿著它躺在教堂中接受聖餐禮。他就是這樣躺上了石板，用最後一絲氣力為我做出了請求：放我自由。

§

放她自由，是的，「願吾父釋母，示其寬厚。」這是我的長兄最後的遺言。鮮血自他的嘴裡流出，浸濕了石板，但在他的頭癱軟在地前，他仍字字清晰地說出這句話。信使為這幾個字的力量所驚，立刻動身傳話。亨利戴著金雀花的戒指，藍寶石壓在唇上。臨死之前，他總算喚醒了高貴的情操：寬恕與仁慈。在與我反目成仇之後，在與我為敵、踐踏了阿基坦後，他終於回到最初的自己。

接下來的數日我都活在錯亂的回憶裡。我聽見教堂傳來憤怒的鐘聲，還有亨利加冕時身上穿的那件將與他長眠的亞麻衣摩擦的聲音。他會葬在豐泰夫羅的修道院裡。一張張臉從我眼前閃過，每一張都是發愁的，加歐赫主教、阿讓（Agen）主教、達倫（Dalon）的修道院長、羅扎克（Rozac）的副修道院長和其他我說不出名字的。我與自幼相識的法蘭西新王腓力普清澈的眼神交會。我從他的眼底看到敵意。他正準備著什麼。然而，現在還不是擔心此事的時候。現在是把酒言歡，為互相背叛的兄弟舉杯的時刻。清晨時分，我感覺到梅卡迪耶的腕力將我抬離桌面，放在他的肩上。他走過中庭，把我放到床上時，我聽見城堡裡傳來金雀花的啜泣聲。

我想念母親。我甚至不知道她是否已得知此事。「她知道的，」梅卡迪耶向我保證，「您的父親差了密使通報訊息。」

所以，父親並沒有親自去通知她兒子的死訊。

瑪蒂爾德和丈夫薩克森公爵自德國歸來。我克制自己不要衝向她。她的臉上沒有笑容。剛失去一個孩子的她懷有身孕，就和多年前的艾莉諾一樣。那時，艾莉諾失去了威廉，但有另一個孩子即將到來，那人是……瑪蒂爾德。

我輕輕吻了她的手背。眼前這個美麗的、服喪的年輕孕婦和我們的母親一樣。我對她的事不甚瞭解。她過著什麼樣的日子？讀了什麼書？清晨會看到什麼樣的風景？我只要她趕緊前往英格蘭。母親需要見到一個孩子。

待處理的事務繁多。首先得解決若弗魯瓦和他的布列塔尼城堡，畢竟他與亨利聯盟對抗我。我把這個弟弟逼到一無所有，如今，他幾乎是孑然一身，過去附庸於他的領主也對他冷言酸語。據說他為了躲避如此恥辱，每日都安排自己和騎士對戰。我為他祈禱，希望他會被馬蹄踩過。

接著，我接管了亨利的兵力，也就是先前那些傭兵。我從中選出八十人，大多是巴斯克來的，這些人最為勇猛。我把他們帶到城裡的廣場上公開弄瞎他們的雙眼。然後是與亨利同一戰線的堡壘，第一座是利摩日。多年前，母親和我曾在此地歡慶，如今，我夷平了它的城牆。

如我所料，父親再度要求我交出阿基坦，這一次是給約翰。而我也再度拒絕。

數月後，我總算可以倚坐河畔，寶劍離手。岸邊的土地溫暖而潮溼，留下了一步步腳印。這一刻，在羅亞爾河岸上的一切都是輕柔的。這樣的時刻，我回到最初的自己。無論清澈或血紅，河水都逕自流淌，日夜不歇，不似人類。艾莉諾的聲音又在耳邊響起。「即使你們是我的孩子，」她說，「也永遠比不上河流的強大。」我憶起父親為了防堵羅亞爾河水患，在安茹境內建起大水壩。他無法忍受比自己強大的自然力量。我眼前壯麗的河水和輕快跳躍的小溪或溫順、平和的大海不同。羅亞爾河源自北方，接受支流的灌注，劈開大地，在黃橙的苔蘚與細枝點綴下，鋪散開來。沿岸是險途，河水隨時可以吞沒行人，能高漲，也可能泛溢。人們懼怕它的憤怒。然而，此時此刻，我眼前的它沉著而自信地川流而下。

我靜待誓言解除的那一天。遠方，一隻毀約的鷹將為第三次築巢而欣喜。時機成熟了。河流伸出手臂，低吟著三條定律：亨利之死不會令我感到悲傷；輪到我坐上英格蘭的王位了；我會讓母親得到應有的尊重。

她在一一八四年六月重獲自由。

她搬進位於倫敦北部柏坎斯台德（Berkhampstead）的一棟莊園內。十一月三十日，在她第一次正式露面的場合上，她選了一件至今仍載於各書籍中的禮服。那是件猩紅色的長洋裝，內裏襯著灰色松鼠毛，腰間繡了金絲線和珍珠，突顯她的腰身。艾莉諾在囚禁期間瘦了。

那一天，我們齊聚西敏宮。士兵舉起長槍，她的名字在拱頂的大廳中迴盪，盪起了我心底的喜悅與憂愁。朝臣們欽欽跪地，迎著她走進廳內。她就像過去在普瓦捷一樣邁步，裙擺輕撫過地面。眾人目瞪口呆：她被囚禁了一段不短的時日，從容的步伐卻仍是耀眼、超群，即便沒有直視也能感受到她的盛氣凌人，即使俯首跪地也能想像她的姿態。那奇景、那如堡壘般的堅毅。那是我的母親。

我沒有折膝，反而站得筆直，想親眼看看她。首先是開襟的衣裳上縫了毛皮，珍珠的白皙與蒼白的膚色相融。然後是纖細的脖子、雖看得出歲月痕跡卻細心修飾過的貓臉。有些地方不一樣了。她的額上多了幾道皺紋、雙頰削瘦了些、身形幾乎可以說是羸弱，這些都是當然的，但那如貓科動物般的優雅、果斷的步伐，特別是那雙落在獨立人群之中的我身上的堅毅眼神，是從前沒有的。她輕輕地在臉上掛起一抹微笑。當她淪為囚徒時，我向父親宣誓效忠，背叛了我們的阿基坦，苟且地活著。但這一笑彷彿抹去了恩怨。我以鞠躬回禮，獻上我全部的敬意。這便是我們重逢的場景，悄然而隱祕。

周遭的脖頸一一抬起。頂著圓肚的瑪蒂爾德是最後一個起身的人。但我知道，她的延遲並非因為身孕，姐姐只是被嚇著了。眾人彷彿看見了奇蹟。艾莉諾氣壓全場，走向同樣驚愕的金雀花。他一路看著她走來，我很肯定，那一刻，他一定想把她關回去。那一刻，他看見死敵復生，叛亂的記憶、羅莎蒙德和亨利的死，以及阿基坦的抵抗護送她向他走來。他們的區別立見：父親為苦難而擾，艾莉諾卻自苦難中浴火重生。儘管自兩人結婚以來，她才是輸得更多的那個。戰爭、自由、兩個兒子、她的土地……飽經風雨，而她仍在這裡。即使只有一剎那，即使心裡還有恨，那一刻父親應該是敬慕她的。

無論如何，艾莉諾都無視他的存在。丈夫臉上歲月的痕跡、紅白相間的髮絲和已顯衰弱的身軀，她都不曾想過多看一眼。她把目光投向遠方，在如入幽冥之境般的寂靜中緩步前行。她就要走過我的身邊時，我得以仔細看見她把染成栗子色的秀髮編成一個髮髻，邊上別了一顆紅寶石。行至金雀花身旁後，她轉過身，以平和的目光掃過在場的人，我覺得她似乎偷偷在我和瑪蒂爾德身上逗留了一會兒。接著，她低下頭，讓父親為她戴上皇冠，好似這是世上再自然不過的動作。他一言不發地完成動作。艾莉諾站直了身子，重新拾回的權力環繞她的額顱。廳內漫溢愛慕與驚嘆之情，眾人再度屈膝，恍若一體。而我，又一次因為感動和驕傲立在原地。

她對路易的死無動於衷。我立刻明白了她的心思。我還記得：艾莉諾能夠原諒所有挑戰她、與她正面衝突的人，唯獨背叛者絕不輕饒。路易在面對我父親的軍隊時臨陣脫逃的作為已決定了他的命運。艾莉諾與他結髮十五年，現在一切都結束了。我為了替他辯護，提出了那天清晨他被人發現癱倒在床上的事。出事前幾天，腓力普外出打獵未歸。醫生認為路易應是無法承受兒子失蹤的打擊，在腓力普返回後，龍體便不支崩潰了。自那之後，路易只能躺在床上，無法動彈，也說不出話來。嘴角流下的口水需由侍僕擦拭。他在一個九月的夜裡辭世，當下並沒有人發現。艾莉諾心不在焉地聽著我說話。我白費了唇舌。自韋爾諾伊一事後，路易就被她放逐了，永不得回歸。然而，我知道路易死時心裡全是母親。他再婚兩次，但從未停止愛她。腓力普出生時，路易暗自感到憤恨不平，因為在他內心深處，他無法想像是艾莉諾以外的女人誕下太子。眼見遊說無效，我只能鼓起勇氣提出一個我從來不敢提起的問題。

「母親，您為金雀花生了八個孩子，為什麼沒有給路易生一個後繼者呢？」

她從頭上摘下一顆紅寶石。

「因為我忘了。」

父親扮起了他最擅長的角色，偽君子。他把所有人叫到溫莎城堡過聖誕。但瑪蒂爾德沒有出席，她剛誕下一個男孩，取名為威廉。

若弗魯瓦曾攻擊我，而我也報之以辱。但如今，對約翰的怨恨又將我們推向同一戰線。永遠的寵兒約翰，那個總想著哪天要給我們致命一擊、一勞永逸的約翰。真是令人讚嘆的兄弟情誼啊！然而，像這樣一個歡樂的節日，我們必須戴好面具，演一齣和樂融融的家庭喜劇。眾人都同意這條規則，唯有艾莉諾不從。她端坐一方——還能怎麼形容那股她在獄中慣熟了的姿態？自獄中歸來的她顯得較為健談，性情也沒那麼孤僻了。她對著說笑的人展露笑顏，言談間也適當應答，接受他人凝視自己的眼神。她似乎不再只是超脫庸俗的那個人。然而，我們，特別是父親，都感覺到了她有意躲避我們。我們都清楚，她的自在才是我們真正需要擔心的。我想起她對我說的話：「面對敵人，或殺或縱，絕不能傷了他又留活口。受了傷的人將成為最大的危害。」父親做了錯誤的決定。他在囚房裡畜養了一股新的力量，將成為永遠的危害。艾莉諾看過太多，如今已能退而觀之，不讓自己受到傷害。她擁有絕處逢生後的力量，視死若生。如今的她，是川流，是森林，是田野，是無聲且和緩的力量，再也沒有悲傷。倒戈、背後捅刀、囚禁和謊言都不再重要。若弗魯瓦被座騎壓過身亡的消息就是這改變的證據。他在一場自己安排的比武中落馬，憤怒的馬匹將他踩成了肉醬。很不幸的，弟弟被獸蹄踩死了。我跪在母親面前向她宣告了這則消息。我不敢抬頭。幾年內接連失去三個孩子的女人臉上會是什麼表情呢？沉默籠罩著我們。我仍跪在地上，額頭低垂。這時，我感覺到她的手輕壓著我的太陽穴，我緩緩地抬起頭。母親摸了我，此生第一次。她的臉上掛著令人生畏的溫柔，這張臉龐給了我力量，我能感覺到我那陰暗的絲帶回應她的呼喚。我們的心思被怒火佔據。於是我明白了，我和她一樣，這些年的監禁也讓我長成了一個無所畏懼的人。當艾莉諾下達命令，摘除他的內臟保存在鹽罐中，並交待準備包裹若弗魯瓦的森德爾綢⑰時，我心裡想的是我的死會給她帶來多大的打擊。

父親仍然沒有停止壓迫我們。他堅持我必須儘快迎娶愛麗絲。然而，一如艾莉諾，此時的我已不再畏懼他的權威。再沒有障礙能動搖我們。她和我，我們是同舟共濟的軍隊。父親在總算意識到這件事後，感受到恐懼如寒風般吹拂，於是決定再度囚禁母親。也許正是這份恐懼逼得他選擇了溫徹斯特的小城堡作為囚房，比起監獄，座落在一片豐沃的田野之上的城堡更像一座莊園，監禁的規定也沒有那麼嚴苛了。被惹怒的母鷹會伸出利爪⋯⋯我知道這一次除非父親離開人世，否則母親不可能再重獲自由。但我在艾莉諾身上感受不到一絲擔憂，她也絲毫沒有反抗。我們終將勝利，只是時間的問題而已。我們必須有耐心，努力活著，等待勝利的到來。艾莉諾在離去前回看了我一眼，那眼神說著堅忍剛毅，說著寬闊的溝渠，說著兀自成長、不顧人事、殺戮而不自知的森林。

⑰ Cendal，一種中世紀時用來做衣服的薄絹。

§

「溫徹斯特？要關多久？囚禁妻子究竟有什麼意義……」我們來到森林邊上時，腓力普發出驚嘆，看上去是出自肺腑。而這句話也是整個王國人民的疑問。沒有人明白父親再次囚禁艾莉諾的用意。她在西敏宮華麗亮相後又淪為囚徒！人們談論這件事時，彷彿對象是天上的神。那些貴族唯恐自家妻子也突然要求獨立，因而對母親多少有些微詞，但她受到的待遇在所有人眼中仍是不公平的。朝臣們首次質疑金雀花的決定。人們還是畏懼他，但他的名聲隨著愈發頻繁的暴怒每況愈下。

「看到這隻獵鷹了嗎？」腓力普又說，「我從鳥巢裡抓出來的，餵牠吃肥肉和蜂蜜，在壁爐前為牠暖身。然後，我就會磨光牠的爪子，再把眼皮縫起來。瞎了眼的鳥才能被馴服。牠要學習如何在獵捕食物後，單憑我的哨聲就能回到我的手上。學會這件事後，才能把牠的眼睛打開。」

我的馴鷹技巧駕輕就熟，再說，我一點也不關心這些，腓力普很清楚我偏好獵捕野豬。他舉起戴著皮手套的拳頭，吹了聲哨，那隻鳥便展翅離去。

「理查，你和我都是明眼人。」我知道遠處的枝葉下有隻鳥俯衝獵捕獵物。腓力普向前走了幾步。那一瞬間，我彷彿看見路易的背影。一如過去每回想起他，內心總是由然生起一股怒火，伴隨著得不到回應的疑問熊熊燃燒。我多麼希望在他長眠之前能當面問他為何在韋爾諾伊臨陣脫逃。我想知道他當時想著什麼，是擔心讓母親失望、害怕父親的力量，或是被缺乏打仗天賦的心思絆了一腳？我也想感謝他。他對我的信任，以及亨利自他手中收到皇家金印時眼裡的光芒，我至今都還記得。我還想告訴他，我經常重讀他寫給母親的信，告訴他，我羨慕他優雅的舉止，毫無指責之意。

「父親很欣賞你，言談中經常提及你。他總說，你是幾個孩子中最像艾莉諾的……唉，你的母親啊。他心中掛念你的母親，宮裡隨處可見百合⑱，就連我的旌旗上都有。他窮盡一生追求她回眸，然而即便是兩人身為夫妻時，他也未曾如願以償。艾利諾沒愛過他吧？我無意責怪，你知道的。我的父親不是一個意志堅定的人……然而，想和艾莉諾親近，勢必得有強硬的性格吧。大概就像你這樣。沒有人能和你親近，就連你的姐姐瑪蒂爾德，還有梅卡迪耶都不例外。人們當然是懼怕你的，但不只是如此。你時時刻刻都防著別人，以至於大家連稍微馴服你的力氣都沒有了。這麼想，我便能理解你為何喜歡那些歡場女子了。她們除了給自己寬衣解帶外，不需做任何努力。可是理查，總有一天，你也得讓人貼近你的。沒有血緣的哥哥啊，你和我，我們來自什麼樣的家庭？在什麼樣的土地上成長？

但我們終究長成了不錯的人。我們沒有讓父母失望，但也保住了自己的模樣。不是嗎？你看我的眼神怪怪的……我的確比你年輕，劍術也不及你，但我們有同樣的喜好。你知道我也正著手設計新堡壘嗎？我甚至在布爾治（Bourges）建了新塔，巴黎也有一座，就在羅浮堡（Louvre）裡。你看了肯定會感到吃驚，那座堡壘不是四方型的，而是圓弧的。城牆之厚，也是前所未見。堡壘共三層高，箭眼分佈在不同高度，方便朝不同角度射箭。噢，我真傻。你上次提過的蓋亞城堡應該也有這樣的設計吧？我有點忘了。聽著。你從我還小的時候就認識我了，現在還和我姐姐愛麗絲訂了婚約。就我們過去的交情來說，我欠你幾句實話。比方說：你父親向我提議把愛麗絲嫁給約翰。為此，他會把屬於你的權利交到約翰手上。換句話說，你最小的弟弟會娶走你的未婚妻，並取代你繼任為英格蘭國王。我看得出來你不喜歡這個安排。雖然我還等著你哪天跟我解釋為什麼遲遲不肯迎娶我姐，但我可以理解你的反應。

⑱ 百合是法國王室的象徵，雖然法國自五世紀克洛維一世加冕時便有上帝贈予百合之說，但當時為純潔的象徵，直到路易六世以百合花裝飾外袍後才成為象徵王室的圖案。這裡作者有意將此事和路易七世對艾莉諾的心意連結。

所以，以下是我給你的建議。你想戴上英格蘭王冠嗎？我明白，也贊同你的想法。我始終認為，它終究會是你的。你有膽識也有資格。但光靠蠻力是上不了王位的。他一日不死，便一日握權。所以，和法蘭西合作吧。我會供予你資源和兵力。我們先要回你的土地，再取下王位。我們一起終結金雀花的統治。他的支持者已日漸離去，時機成熟了。我的提議當然是附帶條件的。條件是，在你成為英格蘭國王之前，你必須效忠於我。效忠於我，而非你的父親。臣屬於法蘭西，而非英格蘭。你說呢？看來，你猶豫了。我承認，要踏出這一步並不容易。但你應該也很清楚自己的選擇不多，唯一的希望是和他人結盟。看，這是我的獵鷹，紅色的鳥喙。理查，好好考慮。」

親愛的兒子，你好啊，

感謝梅卡迪耶爲我捎來訊息，我才能在第一時間回覆你。看來腓力普的氣度與他的父親有別。路易過於天眞，並不適合爲王。

腓力普的提議很誘人，但也很危險。向法蘭西國王俯首稱臣……這一舉動將引發英格蘭不滿。然而，既然金雀花想將你化爲塵土，既然對你、亨利和若弗魯瓦來說，他最偏愛的永遠是約翰，既然他寧願監禁對手，也不要正面交鋒，那麼，我建議你接受這項提議。進入法蘭西宮廷，和腓力普同桌共飲。讓他幫助你收復我們的土地再擊垮金雀花。爲了把腓力普的憤怒變成你的武器，你必須告訴他你遲遲不娶愛麗絲的原因。揭穿他親愛的姐姐遭金雀花強暴的事，想像事發的場景，鉅細靡遺地描述，生出令人嫌惡的畫面。憤怒將讓腓力普浴血報復。他的遠見已爲你照亮一條道路，現在，你要做的是激起他的怒火。

理查，以我對你的了解，我明白你的猶豫。利用腓力普，背叛英格蘭？我有時會想，在你的榮光背後有個沉睡的孩子渴望著和平。過去，我也試著保護你們，讓你們在榮耀與文字的包圍下成長。然而，詩歌不能築牆。理查，你還有兩個沉睡中的敵人。現在思考這些問題爲時已晚。亨利的死爲你帶來繼承王位的機會，而有些機會必須用自己的力量抓牢。你的父親妄想將權力籠罩在我們的王國之上，不願意拱手讓人。我曾爲他的一片丹心矇蔽雙眼，才會在一一五二年五月的某一日穿上嫁衣，站上大教堂前的廣場，獻上普瓦捷的人民。那天，我交出了我的城市、我的肚子和我的未來。理查，你想想，面對這樣的背叛，「和平」二字的意義是什麼？是的，對於從他人手上得到土地，卻不懂得融入其中的人，對於操控集體記憶，把自己的任性變成法律的人，我都會復仇；而那些被溺愛的孩子或愚蠢到自比爲天的暴君，只能以戰爭應付。

腓力普會在諾曼地的邦斯慕蘭（Bonsmoulins）與金雀花會晤。你父親當然會帶上約翰。而他一踏上土地，看到你站在法蘭西國王身旁，就會因此感到震驚。你擁有敏銳的危機意識，一定會感受到異常緊張的氛圍。循規蹈矩的人總因戰士缺少人性、貼近獸性而感到不安，然而，實際上他們擁有的是生物最高貴的特性，即本能。緊張的情勢一般人難以察覺，但它卻能激起不凡的反應；貼近獸性會讓一個人更好，而不是淪爲牲畜。只會教訓他人的人不會懂這個道理。

因此，當腓力普鄭重地要求你的父親歸還普瓦捷、土罕、曼恩和安茹時，你要像埋伏在他身後的困獸。裝腔作勢即可。因爲我現在就能告訴你金雀花會這樣回覆：「現在還不是把這份禮物送給理查的時候。」別往心裡去。他的反應很合理。金雀花想獨攬大權，只是你擋了他的路。他想成爲最好的戰士，你也佔了他的橋。也許他還想成爲我目光唯一的焦點，可是這中間還是有你。他所有的野心都被你阻攔，一寸土地也不能分你。所以，你要冷靜地轉過身去，雙手合十。你將在腓力普面前曲膝。你將高聲宣誓，選擇與法蘭西同盟。

§

在我宣誓效忠法蘭西後，父親向後退了幾步，瞠目結舌、臉色蒼白。他的嘴張了又閉，卻沒有吐出任何聲音。他又接著退了幾步，兩旁的男爵紛紛退開。約翰冷眼看著這一幕，神情有些怪異。

腓力普似乎對金雀花的反應感到滿意，雙眼直盯著他。他做到了父親沒能做的事，擊垮了英格蘭國王。他的對手因憤怒而啞口無言，反應卻不像從前那般劇烈。憤怒即是力量，而今，金雀花已如河枯海乾。

他回到諾曼地。腓力普無需多說，我也明白下一步該怎麼做。馬蹄全速奔騰、刀劍出鞘，我們的協議自此生效。我們有如獵手般追擊父親。腓力普滿腦子都是金雀花和愛麗絲那難堪的景象，因此怒髮衝冠，焚林毀田，片甲不留，沒有一絲憐憫。我們所經之處火燎煙薰、屍橫遍野。我們快速攻下堡壘，只派出梅卡迪耶一人就能逼出領主的口供，坦承收留過父親。他們也感受到父親的急躁，並聽說他將前往勒芒避難。我們在當天夜裡抵達勒芒，但金雀花和七百名騎士早了一步遁逃。他朝著南方去，目的地應是安傑（Angers）。我們掉轉馬頭，尾隨著他。從現在開始，事情將會容易得多。

腓力普在位於阿澤萊里多（Azay-le-Rideau）和杜爾之間的小城哥倫比耶（Colombiers）

召見父親。這時的金雀花很清楚，在病魔纏身、眾叛親離的情況下，他除了投降別無選擇。那一天氣溫酷熱，牧草閑適慵懶，背景上的陽光耀眼，僅有一圈人影打亂了這份寧靜。樹木彷彿緊貼著藍天，甚至連燕子飛過的聲音也聽不見。無聲、無風。然而，這一刻十足珍貴，不應多作抱怨。羸弱的金雀花在草原上移動，馬背上的他宛如一具行走的屍體，看上去比在邦斯慕蘭更為慘白了。多年前，卑躬屈膝的人是我。叛變失敗後，我俯首作揖，母親蹲坐牢房的景象仍歷歷在目。如今，命運之輪已然轉動。

我仔細端詳他寬闊隆起的額頭和佈滿傷疤的臉頰。他的臉被汗水浸透。約翰在其他男爵的協助下把父親攙下馬。他多大歲數了？炎熱的天氣差點把老國王送入地獄，他下馬後立刻要求喝水。旁人遞上杯子。他拭去嘴邊的水珠，轉身面向我。骯髒的頭盔下一頭亂髮落在肩上。原本紅色的頭髮如今已消逝。他期待自己能發出更有力的聲音，最後卻只能虛弱地解釋從腳踝、雙腳，直到整隻腿都被疼痛吞噬。該是認輸的時候了，他眨了眨沉重的眼皮這麼說。他看著我。那雙熟悉的眼眸，那沼澤般的深綠，宛如淤泥般濃厚！還有中央的黑點，讓人聯想到毒蛇之眼！投降，是的，然而他的眼裡閃著復仇之光。但也無所謂了。休戰儀式即將展開。

儀式的第一個步驟是交換彼此的支持者清單。人人皆想父親的名單應寥寥無幾，但這是規則。交出自己的後援，即是亮出底牌。現場氣氛莊嚴、安靜無聲，兩位國王交換清冊。腓力普沒有看我，始終保持著冷靜的態度。他拿出蓋著皇家印璽的羊皮紙。那一瞬間，我彷彿看見他抽出利劍。然而我不應隨意移動。父親抓起紙捲，動作顯得有點急迫而不當。為何如此？他是否和我一樣，感覺到一股不對勁的氣氛？就在此時，羊皮紙掉落在草皮上。名單上的第一個名字是約翰。

父親跪倒在地，手裡拿著名單，幾乎就要喘不過氣來。騎士們圍上前來，試著扶起他，但他口吐鮮血，低喃著沒有人聽得懂的句子。吟遊詩人們將記住這一刻：「親愛的兒子擊垮父親。最愛的兒子送來的死亡。羞愧，落敗的王羞愧不已。」這則消息隨著詩歌傳向四面八方，傳至阿基坦，越過英格蘭、小小的法蘭西、法蘭德斯，直到北方和東方的王朝。金雀花的么子，他最寵愛的兒子，背叛了他。約翰為他送上了最沉重的一擊。沒有人知道他是何時與腓力普見面並達成協議的，也沒有人知道他的用意何在。艾莉諾和我明白的很。我繼承了英格蘭王位和阿基坦公爵的頭銜，可是約翰也想擁有英格蘭。腓力普的目標是阿基坦，他要收復這塊土地，擴大法蘭西王國的版圖。他們結盟便能推翻我，瓜分我的領土。而對約翰來說，這項協議是否會逼死父親並不在他的考量範圍之內。

金雀花臥倒在希農城堡的房間裡，三名仍效忠於他的騎士守在身旁，為他遞上茶水，但他一把抓起杯子，甩到角落邊上。他搥著寬闊的胸膛，直到用盡氣力，雙手垂掛身側。多少個夜裡，他扭曲身子，大口呼著氣，揮動那張羊皮紙。他喊著約翰，質問他為何背叛，又叫著我的名字，破口大罵，直到無力癱倒。再次撐起身子的他，仍是怒不可遏，咒罵腓力普、艾莉諾、約翰和我。他的眼前閃過當時在前夫路易的眼皮下和母親相遇的情景，還有那些接收和征服而來的土地；在安茹的山谷中刺馬奔騰、攻城掠地、杯觥交錯的日子；孩子的誕生；羅莎蒙德；而後是家人的叛變、第一場勝利、戰爭和約翰的倒戈。他被記憶淹沒。所有的藥和祈禱都無法緩解他的高燒。父親放棄了咒罵，一如他人放棄呼吸。他帶著一身的怒氣走向另一個世界，走時，手上還緊握著那捲羊皮紙。

另一件駭人的事隨後發生。騎士們正安排將遺體運往葬禮時，僕吏們竟大肆劫掠父親的房間。身為英格蘭與愛爾蘭國王、諾曼地公爵、阿基坦公爵、安茹伯爵，堪稱西方最強大君主的金雀花，竟被人恨之入骨而遭掠奪之災。珠寶、銀器和寢具皆消失殆盡。甚至連暫置於城堡庭院裡的死者身上的衣物都被剝除。騎士們回來時，他的斗篷、長袍、鞋子都已被取走。父親幾乎一絲不掛地躺在室外。

葬禮在豐泰夫羅的修道院裡舉行。吟遊詩人們對我沉著的表情大作文章。他們會說我對此無動於衷。事實確是如此。父親死了，我將取代他的位置，和腓力普間的協議也不再有效。而我卻麻木無感。然而，和艾莉諾不同的是，我不敢肯定這份空虛是來自於我對此事的冷漠，或是崩裂前的沉默。

我奔向英格蘭，速度快到連梅卡迪耶也幾乎跟不上。這一次，釋放母親的人是我。我必須告訴她約翰倒戈的事，還有就某種程度而言，未事先告知的腓力普也背叛了我們。因為急需徵詢母親的意見，我像個迷途之人快速前行。我聽見路人喊出「國王萬歲」，那則預言再度浮現。母鷹的第三個巢已築起。我看見人們俯首示意，夜色降臨時，他們在道路兩側舉起火把，喜悅的風吹鼓了船帆。英格蘭的草原上，美麗的晨光穿透薄霧，我卻一心想著溫徹斯特的門廊、升起的柵欄和在我的馬前讓出道路的士兵。我聽見一座低塔旁的小禮拜堂中傳來幾個人的歌聲，於是用肩膀一撞，把沉重的木門推向牆邊。撞擊聲驚動了站在母親面前的吟遊詩人。她緩緩轉過頭，向我身後蜂湧而至的士兵示意。她沒有站起身。

「我正在聽一首多聲部的曲子。各種聲音交錯成一首非凡的樂曲，你也該聽聽。那些詩人看的歌譜很特別，上面做了特殊標記，讓每個聲部都能找到定位。這是從義大利來的。」

我垂下眼，調整氣息，回復平靜。我望向她，明白她已經知道所有的事了。那是當然的了。我不知道她是如何得知消息的，但顯然約翰的事和丈夫的死她都知道了。我靜下心來，如她所願地提問，表象之下藏了什麼真相，瑣事之中又有什麼關鍵。

「那些人在唱什麼？」

「一個牧羊人挑戰巨龍，最後失敗的故事。」

她在一陣布料的磨擦聲中站起身。我本想瀟灑地說出口的那句話卻卡在喉間。最後，我還是說了，嘶啞、害羞、情緒高漲地說出了那句話。

「我們贏了。」

我心想：「我們贏了，可是付出了什麼樣的代價。被兒子殺死的父親。被最愛的人重擊。而您，母親，您經歷了多年的牢獄生活。世上是否存在帶著遺憾的勝利？或者，人只能擁有與之相稱的事物？如果我不配呢？」

我當然一句也沒說，只是在艾莉諾面前跪了下來，期待她能理解這份令人煎熬的喜悅。她扶起我，望向敞開的門，再轉向那些江湖藝人和士兵。這一幕令所有人呆若木雞。

「向英格蘭國王鞠躬致意。」

這麼久以來，艾莉諾第一次打開了幸福之門。我看見她的重生。一舉手一投足都和當年她第一次被釋放後，在西敏寺的宴會上現身一樣風姿綽約。

我在詔書中賜予她權利，下令全國人民效忠於她。她的第一道命令是大赦天下。她強調：所有囚徒，無一例外。她把父親在瘋癲之際滿載的牢獄清空。當時一個小小的盜獵行為都會被判斷肢之刑。柵欄升起，家庭團聚。然而，責備聲仍自四面八方而來，直指母親過於軟弱，但她並不放在心上，忍受了那麼長時間的囚禁生活，她無法再看到同樣的事了。而後，她又請來了吟遊詩人，召開皇家巡迴法庭至各地城堡、城鎮和小村宣告我登基的消息。但事實並非如此。她才是女王，自始至終都是。也許這條漫長的背叛與戰爭之路，終究要通往這一步，我最終決定把權力交給她。也許我知道自己活著是為了把政權交到她手上。自此，我萌生一股無力之感。我已完成任務——或者該說我已盡了身為玩具的責任，我不確定。在這光榮之秋，母親身後的人民高舉著金黃火把。矮樹叢裡蹦出閃爍著光芒的紅色花束，樹上映出各種層次的火色，而我卻在這色彩斑斕的歡宴中獨自悵然——大自然仍舊一派自在，令人感到窒息，彷彿生與死皆與它無關。我看著遊行的隊伍，魂卻早已不在。人們圍繞著艾莉諾，親吻她的裙擺。普瓦捷的那些榮耀時刻再度回到她身邊。我看著她的一舉一動，為她感到欣慰，卻也空虛無比，我的心陷在深坑之中無力地跳動，裡面空無一物，更無一人。我們不是自由了嗎？不是勝利了嗎？然後呢？她對著我笑，眨了眨眼，把她眼裡的憤怒眨成了一條水平線，幾乎就要看不見了。她換了一張臉，仍舊有稜有角，卻已顯得輕鬆。艾莉諾享受著她的自由和人們給她的愛。她輕撫著馬匹上以金絲點綴的披布，低吟著她的歌。

夫人，無刺的玫瑰，
枯枝結出果實，休耕的地帶來種籽，星晨孕育了太陽，
世上再無女子

能與您相比……

她悄悄地向後方以小提琴和笛子為她伴奏的吟遊詩人致謝。梅卡迪耶監看著四周情況，適時地把愛慕的群眾推遠。就連最偏遠的小村莊也在慶祝。人民用力呼吸，反覆吟詠一首屬於他們的詩歌，表達對金雀花之死的感受：

我要唱首美妙的歌，
日落之後，沒有黑夜。

金雀花曾下令修道院必須貢獻馬廄餵養戰馬。艾莉諾取消了這項規定。她為窮人建了醫院，並在豐泰夫羅附近的古法耶（Gourfaille）蓋了一座新修道院，還在拉羅歇爾附近為醫院騎士團設了小港口……看著她的這些舉動，我想起父親也曾在康城建了漢生病療養院、挖掘漁撈場、造橋建堤，而後來發生的事現在看來似乎都是理所當然。過多的共同點最終都將導致衝突。歷史是由這兩位巨人寫下的，而我，不過是洪流中的一顆石子。如此情況導致在英格蘭王位的加冕典禮上，站在西敏寺裡、雙手因聖油而發亮、肩膀因皇室外袍而格外沉重的我不得不強迫自己握住金權杖。我心裡認定王位應該是母親的，或者也該是威廉的，如果他還活著。總之，我接受加冕，但卻一點也不覺得心安理得。母親身披紅絲綢長袍，遠處的群眾也能清楚地看見她，並跟上她的動作。當她起身準備唱頌讚美詩時，我彷彿看見一朵自傷口上開出的血色花朵。

我渴望得到她的建議、她的指引和她的洞見。然而，這時的我即使期待她能滿足我的需求，卻仍第一次對它產生反感。噢，清晨靜謐的果園啊——母親始終偏愛一天中的這個時程，她會在天剛亮時就把家裡的姐妹都推出門。果園是在堡壘高塔之下被柵欄保護著的封閉世界，就像我們之間的聯結。鳥兒這時才剛開始鳴唱，我們走在綠意盎然、香氣撲鼻的道路上。我看著樹叢和枝幹裡剛結成的小蘋果，嗅著圍籬下的藥草香。這樣的清晨是我們的兩人時光，自由自在地坐在噴池邊上，樹上的枝枒搖落一地紫藕色的光點。艾莉諾總在這時與我談論她的戰略。除了戰略以外，她的心裡還裝著什麼嗎？也許有吧，畢竟她背負了那麼多的遺憾與夢想。也許，正是因為明白我永遠無法走進她的心，明白儘管我們已獲得勝利，我仍然是那個待在門後的孩子，也許正因如此，我才會感到那麼孤獨。

「腓力普和約翰做的事是給你的警告。他們遲早都會來奪取阿基坦。在這之前，先假裝順從，給出承諾、迎娶愛麗絲，藉此安撫腓力普。對你弟弟也一樣，給他伯爵的名號，愛他，讓他分享你的榮耀。」

我聽從了她的建議——除此之外，我還能想出別的方法嗎？但我心裡有一部分並不想遵循指令。我的身體裡有一部分在反抗，彷彿一股力量注入我的長劍。我見了約翰，他不敢直視我，但我還是露出和善的笑容。我也再次拜訪腓力普，他盯著我的雙眼。我沒有提起他和約翰之間的關係，只提出不追究愛麗絲遭人玷汙一事，我將按計畫娶她。

我經常把受封普瓦捷伯爵時的誓言掛在嘴邊：「扶起那毀壞的，守護仍屹立的。」然而，遠離此地的衝動卻日日伴隨著我。我夢想著旅行、壯遊，夢想造訪堡壘櫛比的東方。如今那裡的情勢不容樂觀。據說穆斯林在侵略耶路撒冷後，開始覬覦敘利亞、黎巴嫩和巴勒斯坦的城鎮，而他們的軍事能力是我們的兩倍。傳聞有位庫德將軍的姪子，名為薩拉丁。他建立了自己的王朝，喊著「jihad」02—⑲沒有人理解這個字的意思，顯然是以真主之名戰鬥。薩拉丁是許多偉大功業背後的謀略家。他以一場位於加利利海附近的哈丁戰

⑲ 這個詞經常被譯為「聖戰」，但原義應有更多層次，類似於「為真主奮鬥」。

役（bataille de Hattin）收復了耶路撒冷，這個事件的餘波令我輾轉難眠。薩拉丁在這場戰役中切斷了我方兩萬名士兵的水源。當時士兵被困在一片廣闊的巨石高地，氣候酷熱難耐，湖泊近在咫尺，但他們卻無法靠近……乾渴難耐的士兵最終掉入了陷阱。薩拉丁立刻出擊。有如孩童的遊戲。兩百名聖殿騎士就地處決。老天知道，我對聖殿騎士的期望有多高，然而，我也必須承認敵軍的能力。這還不是全部：據說薩拉丁還有一個弟弟名為阿爾．阿迪爾（al-Adil），和他一樣驍勇善戰。那是我從未感受過的兄弟同心的力量！要是亨利和我聯手……一起出征，我們會成為足以和這兩個東方兄弟媲美的強大組合。當瑪蒂爾德的死訊自她那遙遠的國度傳來時，我什麼也沒多問，沒有問她的死因，她是否受苦，她的孩子將會如何。沒有前因，沒有後果，沒有過去，沒有未來，只有一件事實：我最愛的姐姐，默默無名的姐姐，死了。這個家似乎也就此解體。我帶著腦海裡的幽靈往東方去了。這些幽靈將護送我前行。先是瑪蒂爾德，而後是父親、亨利、若弗魯瓦、威廉。而母親的愛是王者之靈，如奇美拉⑳領著眾亡靈。然而，當她拍打我的馬腿，作為動身的信號時，我的心裡沒有任何遲疑。

幾個月前，我向母親表示出征的意願時，她一點也不訝異。一如往常。父親是最後一個讓她感到吃驚的人，而他已不在人世。我們分擔籌備的工作。她負責籌措資金，制定了「薩拉丁什一稅」，出售皇室土地、清理帳目，並取出父親留下的十萬銀馬克。我則動員貴族隨我出征，包括召見、備裝、接受宣誓。我重新整頓了郡長、執法官和財務官的人選，選擇值得信任的人。這些人將在我外出的期間協助母親處理國事。梅卡迪耶的工作是確認整個國家的準備工作。港口的鐵甲船、馬鞍匠厚實的馬鞍，武器工匠也做出最堅固的刀劍。城鎮裡迴響著打鐵的聲音。整個英格蘭都投入了十字軍的準備工作。

我還花了些時間至庇里牛斯山懲戒那些掠奪孔波斯泰（Compostelle）朝聖者的強盜，過程中，我結識了納瓦赫（Navarre）的國王。他有個迷人的女兒，名為貝倫加麗亞（Bérangère）。她的雙眸點燃了我的慾望，喚醒我以為早已沉睡的胃口。她用雙眼品嚐了我。我知道她正為自己尋找合適的丈夫，但現在還不是歡慶之時。也許以後吧。該是動身的時刻了。

⑳ Chimère，希臘神話中的一個怪物，由獅頭、羊身、蛇尾嵌合。

§

萬夫所指的父親悲歌

我在這裡，看著你。看來，你已準備好動身前往東方。你會發現地中海和英吉利海峽天差地別，會知道海洋也可以是溫柔的。我看見你的王冠了。如今，你已是英格蘭國王，終究給命運回以致命的一擊……一切盡在意料之中，梅林著名的預言不都說了：「雙頭的鷹將為第三次築巢而欣喜。」我的確娶了一隻鷹，而我最大的錯誤就在於沒能早點領悟。她是一隻鷹，擁有桃花心木色的頭髮、灰色的眼眸，以及和我一樣狂妄的野心。我們兩個站在巔峰，互相聞嗅氣息，並辨識出對方的存在。但我們都低估了彼此。我們如此相似，事實上，正因過於相近而必須相殺。

我並非有意惹怒你的母親。對我來說，治理阿基坦是再自然不過的事。

人和土地因為陌生而產生美感，我就是如此。初來乍到的陌生人因為受到新環境的接納而感激，並產生進一步認識那片土地的意願。他會深入探訪每一個角落。沒有人比外來者更了解新的土地。在地人總是不懂自己有多幸運，他們以地主自居，怨聲載道，把一切視為理所當然。初踏上這片土地時，我發自內心感受到對它的感激之情。我急著整頓城市與堡壘，卻一再遭拒。我很快便明白阿基坦人不受拘束，他們的身體裡留著獨立的血。然而，我對這個王國懷抱宏偉的夢想，試圖以雄心壯志回報。我希望它能更強大，能以新的規則重生。我動手加強它的軍事防禦力，其他愚蠢之人卻稱之為威脅。我為了讓阿基坦更完整、更無敵而作出努力，這樣的心意應該稱之為一種威脅嗎？我要建立一個眞正的帝國，但支離破碎的土地能成大事嗎？我期許帝國內所有的地區，包括英格蘭、諾曼地、利穆贊、加斯科尼（Gascogne）、普瓦圖和阿基坦都行使同一套法律、使用同一種貨幣。沒有人理解我的想法。阿基坦人當下便企圖反抗。既然如此，我便再無顧忌，恣意擴張。他們拒絕我？我便一意孤行。更不必提你的母親認為我是針對她而來了。無論她怎麼想，我都必須表現出我的決心，必須處理那個在暗中挑釁的路易七世。我的目標是建立一個統一的帝國，區區一個面無血色的國王怎能擋得住我。沒錯，我想征服阿基坦，再取下愛爾蘭、蘇格蘭，最後瞄準義大利……哪裡都好，只要能擁有權力。沒有人能改變我。奪取權力的第一步是要鋪好一條路，讓世人跟著你的方向前進。想要一片土地？心之所向，身之所往。我說的不是實際擁有，而是繪製夢想的藍圖。大權在握的人心裡都住著一個在塵土之中描繪王國邊界的孩子，以及對一敗塗地的直覺。權力是永恆的，生命則不是。一個人會失敗，會隱沒在歷史洪流之中，但他攻城掠地的意志將會由另一人繼承。因此，人必須在自己的時代之中成就大事，留下不可磨滅的印記。這種理想並非如一般人所想的出於傲慢，而是以華麗而瘋狂的姿態在權力的永恆與肉身的短暫之間找到平衡。

你們怪我專斷獨行。我承認。但那又如何，我生性多疑。現在我可以對你坦白了：對我來說，生活在底層的廣大群眾都是膽小怕事的鼠輩。農人、布爾喬亞、官吏和士兵，我讓這些人做他們最擅長的事：盲從。你會說我傲慢自大，我也同意。但我爲其他人下的決定都是爲他們服務。這麼做不只讓行動更有效率，也能得到更好的結果。治理的行爲是能帶來震盪的長效魔法，是一種強烈而簡潔的生命動力。登上王座是爲了讚揚生命的價值，而非向死亡宣戰。權力既柔軟又脆弱，隱隱閃著微光，必須馭而不碎、馴而不辱；制定法律、發行法幣、推動貿易，一切都要在公平正義的前提下進行。王者應喚起全民的希望並視爲己任，無所畏懼，並承擔他者的憂慮。你的母親和我都鍾情於這些微妙的事物。就此而言，理查，我們都是高貴人裡最上層的階級。有志者亦如是——我願意原諒擁有這般高貴情操的人。野心若能將一個人推上夢想的高度，我想我會再對兒子們說一次：「當個擁有雄心壯志的人，即使那意味著要推翻我。」

我承認，那場叛變的確令人驚豔，可想而知是艾莉諾的主意——所有優異的事物都與她有關。聯合幾個兒子、歐洲貴族和他的前夫來反抗我……我甘拜下風。這是你的母親一生中第一次嚐到敗果。然而她沒有輸。畢竟如今離開舞台的人是我，她仍然活著。給我送上致命一擊的，是我的兒子，更確切地說，是最小的那個兒子，約翰。我輸得一敗塗地。這項驚喜超乎我能負荷的範圍。即使是今日，經過這段時間的沉澱，我站在這裡，仍然無法理解他的意圖。我知道約翰意志不堅、愛慕虛榮，但背信棄義……連取我性命的事也做得出來，這是我怎麼也想不到的。

再看你，果斷、激昂。你對權力的傾心是我的血液在你的體內騷動。我聽得見暗影串成的綢帶摩挲的聲音，我再熟悉不過了，我能感受到你被怒火包圍。你是所有的孩子裡最像我的一個。亨利無法操控憤怒。沒錯，也許我應該把王位傳給他，也許我應該分享權力，但我對他沒有信心。他將揮金如土、散盡領地、任人擺佈。

而你……喜獵野豬的你不同。你是皇室中唯一對這野獸有興趣的人。野豬是離群的動物，狂暴、勇猛。牠從不抬頭仰望天際，總是腳踏實地，你亦如是。

可我便是在沒有兒女關愛的情況下死去的。赤裸、孤身、迷惘，被髮妻策劃、兒子領軍的叛變削弱了力量，最後再被最疼愛的約翰擊倒。我該是多麼惡劣的夫婿與父親，才會招致如此的怨恨……但，就算如此吧，我不也和艾莉諾生了八個孩子？難道這也算一場災難？她終究是我一生中遇過最美的女人。她被釋放後在西敏宮現身的那天，就連我也為她的光彩而驚嘆。囚禁她是必然之事。她對我的威脅與日俱增，而我對過於出類拔萃而嶄露頭角的人總是抱持著疑慮。我承認，那天她到場時的神采著實令我驚嘆。那天我才真正意識到我的妻子是個多麼令人敬畏的對手。而這種發現通常伴隨著一定程度的欣賞。發現敵人是個可敬的對手總是難能可貴的驚喜。然而，無論她是否身為皇后，終究是個敵人。不過……理查，我不該再以謊言掩飾了，應該向你坦白了：多少個夜裡，我無視羅莎蒙德和緩的氣息，想的都是我和她相識的時刻！多少個夜裡，我都抱怨著自己用盡心思與之抗衡！多麼諷刺啊，我娶了另一個自己，為此，我無法與她共處。那天在巴黎西堤島上的宮殿裡，我們初次見面的場景歷歷在目。當時身爲法蘭西皇后的她站在路易身旁。我到宮廷裡向國王致意。我的嘴裡喃喃念出誓詞，雙眼卻盯著艾莉諾。理查，就連變化莫測的你也未能擺脱她。她那灰色的眼眸落在任何人身上，都能將對方化爲木石。可我是風，是征服者，我不想變成一塊石頭。

正因如此，羅莎蒙德才能照亮我的生命。

她照顧了一個像我這樣東征西戰的人，照顧了我因長期縱馬而扭曲的雙腿。艾莉諾總是緊握雙拳，羅莎蒙德卻把雙手搭在我的肩上。她的外型和你的母親相似，也許只是孱弱一些。我鍾愛纖細的骨架，彷彿可以一口咬下，事實上卻堅如青銅的女人。就這點來看，當然無人能與艾莉諾相提並論，包括她精小的腕子、細瘦的腳踝和那張像貓一樣有稜有角的臉龐。她的一切都如此精緻、紮實又令人不安。我喜歡能以外表欺人的女人，但你的母親遠遠超越這項標準，直達我的高度。而羅莎蒙德無心執政。她是個體貼的人。在她身旁，我允許自己踏錯步伐。她是放下了武器的艾莉諾。她能爲一首歌開心、展露笑顏和哭泣。對她來說，沒有人是威脅。她過著平靜的生活，而艾莉諾卻處處提防著危險。

理查，你的母親總是表現出不在乎羅莎蒙德的模樣。我一點也不相信。背叛艾莉諾！誰有這種膽量！我有。我從沒接受過任何人的命令。我已盡了責任，給了這個國家繼承人，一共四個兒子！任務完成。艾莉諾在這件事上證明了自己身爲女人的價值，既展現了價值，又稱心如意。但這些事不該入兒子的耳，愛麗絲的事也一樣，你不會聽我提起任何關於你未婚妻的事。沒錯，我一時失足，沒錯，我情不自禁，是的，我做的事無論對她或對你而言都不恰當。這是我唯一能對你說的。你不會看到我爲此贖罪，我厭惡後悔的情緒。況且，老實說：愛麗絲適合你嗎？別裝了。嬌嫩柔弱、哭哭啼啼，在絲綢與哀愁裡長大，你肯定對她意興索然。更不用提她毫無身爲女性應有的技能了。你偏好經驗豐富、身段柔軟的歡場女子，生活裡除了身上的衣衫外沒有任何事能牽絆她們。爲此，你應該感謝我。我爲你化解了一場婚姻災難。

理查，如你所見，我在離開後才有辦法稍微正視我的一生，唯有孩子們對我的忿恨始終揮之不去。他們挑戰我的權威，我可以理解；他們和母親聯盟尚在可以接受的範圍；發起叛變也算一件值得敬佩的事——艾莉諾的號召力我再清楚不過了；然而，怨恨我，這對我來說太折磨了。理查，你憎恨我。憎恨難道不是讓人忘記多愛一個人最好的方法嗎？我也許過於樂觀，但除了做我自己，我還能做什麼？我是個戰士，是個貪權之人，是一國之王。難道要我在孩子出生時改變自己？我沒有放開權力、背著只想取我性命的妻子找另一個女人：這些對我來說都再自然不過了，因此我想也是不可原諒的吧。理查，等到你身為父親時，就會明白我的難處了。

你會明白，沒有比這件事更艱難的了。父親的角色是把自己用時間、價值和自尊揉合而成的寶藏傳給下一代，然後等著有一天看著這份寶藏被對方踐踏在地。身為父親就是什麼也不懂，帶著一份全然的感激之情重拾這些從自己內心深處挖出來的珍寶；就在你試著修復它們時，孩子又會伸出魔爪掠取並再度將它們粉碎，這一次它將碎成千片萬片。父親註定要對著空盪的寶箱哭泣，註定要把自己童年裡最美好的獻出，再被砸得滿臉。父親就是要聽著孩子爽朗的笑聲變成惡魔。而這份恐懼會渲染、玷污整個世界：這樣的變化既然是可能的，成為父親的男人就再也無法冒著燒毀一本書的危險閱讀，天空也不再透澈——誰知道它何時會砸在自己頭上？作為一個父親，就是失去所有的天真。

啟程

清晨，我們在希農堡的果園裡散步。艾莉諾的聲音上揚，和這個時辰的日光一樣，乾淨又俐落。她一如往常地以將領口吻說道：

「理查，現在的情勢是這樣的，法蘭西的腓力普、神聖羅馬帝國的紅鬍子腓特烈㉑和由你統治的英格蘭，這三個國家將聯合出兵，取回我們在東方的領土。腓特烈的軍隊已出征數月，他們的規模最為龐大，共計兩萬兵力。我定期收到消息，他們的素質太低，征戰最後演變成了災難。這些德意志人總是低估情勢混亂的程度。他們的餅畫得大，做事也很有條理，但總是記不住輕忽情勢就會遭受反撲的道理。證據何在？那些德意志士兵才剛渡過多腦河，就遇上了塞爾維亞和保加利亞強盜。一路上陷阱不斷，還有抹了毒的飛箭……最後他們只剩一種消遣，把敵人的屍體倒掛樹上，多麼賞心悅目的彩帶啊，你說是嗎？腓特烈的部隊義無反顧地前進，不顧土耳其部隊的騷擾，堅持穿過土耳其。試想這位紅鬍子皇帝已高齡七十，還得挪出心力管理軍隊。士兵們已然鬆散、飢困，卻仍向前推進，直到敘利亞邊境。六月十日，他們走到一片平原。平原被一條自高山流下的河劈成兩半，彷彿

㉑ 又稱巴巴羅薩。

是野獸自山頂抓出的一道痕跡。還記得我經常對你說：『儘管你是我的孩子，仍然比不上河流的強大』嗎？紅鬍子下馬。他感到口渴、虛弱，他走進水裡，被激流所驚，膝蓋後方似乎被冷冽的雙手推了一下，因此跌入河裡。流水強壓他的頭頸，把他捲入河底。一切掙扎皆成徒然。他身上厚重的鎧甲加速了這場悲劇，直至落幕。」

我聽得目瞪口呆。神聖羅馬帝國的皇帝就這麼命歸黃泉了？

「在眾目睽睽之下淹死了。他們還得撈起屍首。士兵在他身上塗滿了醋，仍止不住那具軀體持續腐爛。他們緊急把尚存的部位葬在安提阿大教堂。安提阿城……四百座方型城塔繞著圍牆，與巨石和山壁相融，那是你前所未見的壯觀。那裡有橙樹、一條名為奧龍特斯（Oronte）的大河和乾燥的風，滿城赭紅。那裡的人良善大方。那是我生命中難得的美好時光。」

我沒有勇氣開口探問她心中其他的美好時刻。

「如今你也要出征了。腓力普也是。他缺乏英雄氣魄，不久前又剛喪妻。兩個雙胞胎接連死去，孩子的母親也因為分娩併發症離世。因此，腓力普現在就像個無力的君主，正在尋找出頭的機會。你得當心。雖然路易還在世時，你們總是玩在一塊兒，但這並不代表他不會背叛你，轉而與約翰同路。有件事你得記牢：你和他截然相反。世人總認為異性相吸，然而，當彼此間的差異過大時，便會引發戰爭。」

過於相似也會導致相殘。她和父親之間就是如此。所以，什麼時候才能相愛呢？

「你啊，」她繼續說道，「你的言行狂妄。你是最好的戰士，你四處留情，你運籌帷幄、令人難忘。你是血腥的戰士，不讓任何人靠近你。但腓力普不是，他舉止有節、樸實無華、循規蹈矩，寧可違背盟約，也不願正面衝突。他言而無信，厭惡書籍，唯有聖經能倒背如流。對他而言，你是最大的威脅，不只因為他認為你比他優秀，更重要的是，他所有的敵人當中，你是路易最愛的一個。」

這番話刺進我的心坎。我正彎下腰穿過橡樹枝，感覺卻像我在對路易的回憶致敬。

「你們會一起從弗澤萊（Vézelay）出發，之後，你得儘快遠離法國軍隊。確保安全。英格蘭離法蘭西越遠越好。你必須在一行人的護送下前進，不能換人，且由梅卡迪耶領隊。聖殿騎士團也會護送你，一切都已準備就緒。現在，你必須與薩拉丁奮力一搏，收復兩座原本屬於我們的城市：阿卡（Saint-Jean-d'Acre）與耶路撒冷。」

出征前最後一件事是宣告十字軍守則。我以為長期以來強忍這股氣，它就會因征途遙遠而繼續安份地待在心裡，然而也許是感受到了出征在即的迫切，不吐不快。面對眾將士，我的口氣竟超乎意料地尖銳。我對著他們聲明懲戒處分：「艦上殺人者，與死者捆綁後扔入水底；陸地上殺人與死者共同埋葬。剽竊者剃髮後澆以熱水。」艾莉諾觀察我的言行，顯得有點意外。然而，當群眾間傳出驚恐的耳語時，她的嘴角掛上了一抹曖昧的微笑。

這股氣跟隨我心中那條因戰爭與悲傷而沉睡的幽暗綢帶前行，從弗澤萊一路來到耶路撒冷，占據我所有心思。它們壯麗地飄揚，我不再質疑。里昂的橋在兩路軍隊的重量下傾圮，屍首覆滿隆河水面，我的怒吼隨我入夢。往後，梅卡迪耶會這麼對我說：「我覺得看到了另一個金雀花。」

腓力普和我在西西里島的墨西拿會合，我把軍隊留在馬賽港的船隻上，只帶上梅卡迪耶、聖殿騎士團和一小隊騎兵往熱那亞（Gênes）、比薩（Pise）、歐斯提（Ostie）和沙勒諾（Salerne）行進。梅卡迪耶觀察著我的一言一行，可是卻看不到我那些在我們周圍遊盪的幽魂，每一個飄渺的、無怨無悔的魅影都來自我記憶的某一處。威廉瘦小蒼白的軀體、死灰般的臉色，握著瑪蒂爾德的手開路。這些迷魂在我的憤怒湧現時，並未加以阻止。他們任由這股邪惡的氣息操控我，偷盜義大利農民的獵鷹、襲擊一間希臘修道院、驅離修士、非禮商家婦女，甚至鼓吹手下掠奪墨西拿的村鎮。居民蜂湧至我窗下咒罵時，我聽見自己下令燒毀港口、扣押貴族居所並立起絞架。直到西西里國王以兩萬盎司的金子要求我離開時，我才住手。腓力普要求分一杯羹，我禁不住回以嗤笑。想都別想。

我任由憤恨之情放肆，以每晚獨自在橙樹的香氣中拆讀的母親信件滋養它。

一天夜裡，腓力普粗暴地掀開我的紅色帷帳，一腳踢開帳內的小凳子，站到我面前，全身因憤怒而發抖。我沒有起身，剝著盤裡以蕃紅花入味的野味。腓力普沒有大聲擾攘，事實上他也沒有這麼做的膽量，只能以堅毅的口吻斥責我的暴力行為、我的自私，最後當然也亮出此行的關鍵，我加諸的所有羞辱都集聚於一個名字之上：愛麗絲，那個我從未兌現承諾迎娶的女人。

我想起箱裡積攢的金子，以及我即將探訪的敘利亞堡壘。我再也受不了愛麗絲這三個字了，無法忍受這般束縛，更無法忍受偽君子背叛的行為。我要的是真誠，即使是粗暴的真誠也好，粗野的言行至少總是發自內心。於是我擦拭嘴角，站起身，緩步走向仍佇立原地卻不自覺地正在回復平靜的腓力普。我貼近他。只需往肩上揮一拳便能撂倒他。我壓低嗓子，告訴他我不會娶他的姐姐，我不可能靠近一個和父親上過床的女人，即便是被迫，有些汙點是怎麼也去不掉的。而後我又說我寧可親近妓女也不要一個骯髒的公主。我無視他掛滿汗珠的臉，告知他今晨已收到母親來信：她正朝著西西里而來，隨行的還有納瓦赫的貝倫加麗亞，將成為我妻子的女人。

不久後，腓力普揚帆起錨，獨自航向阿卡的聖若望。

母親在同一天行抵墨西拿，為我帶來貝倫加麗亞。我們從未正式談過繼承之事，但我明白該是思考此事的時候了，避免約翰輕易奪取大權。

艾莉諾在最精良的騎士保護下，由她那些永恆的吟遊詩人陪伴，照看著我的未婚妻，越過庇里牛斯山脈、穿過普羅旺斯和義大利。梅卡迪耶在拿坡里接她們上船。而現在她就站在我面前，在地中海溫暖的春夜裡。我們暫居於西西里國王的皇宮，宮殿將會在我們離去後歸還予他。我們因此得以享受這座如大教堂般的宮殿，以及無所不在的圓頂和廊道。這裡的人似乎不識何為屋牆，石造建築如海灣般環繞花園，宮廷生活的重心在屋外。這裡的宴會也是在露台上舉辦的，在圓頂之下，面向大海。空氣聞起來有鹽巴和百里香的味道。輕薄的紗簾在兩根古老的石柱間微顫。我們站在其間顯得有點笨拙，為這新的環境感到不知所措，畢竟家鄉那裡習慣在高聳的塔裡升起火堆用餐。我的眼角餘光掃到梅卡迪耶正趁著有銅色皮膚的女僕彎腰斟酒時在她耳邊低語。

艾莉諾身上穿著一件以羽毛裝飾的粉紅綢緞連身裙，毫無倦容。她揮了揮手，拒絕侍者在酒裡套水。嚐膳官喝下一口，確認酒內無毒後，宴席便正式開始了。第一道餐點是無花果、水蜜桃和檸檬等當地的水果。接著上場的一道道菜肴如煙火般五彩繽紛，番紅花的黃、肉桂的褐、朱草的粉緊接而來。魚目裡嵌著珍珠。雞腿上包覆著黃金，閃耀的光芒與賓客禮服上的紅寶石相映。我四處尋找用來鋪地的百合，但西西里沒有這種花。母親吃了杏仁巧克力、果泥和糖漬玫瑰花瓣作為甜點。她甚至愛上了苦橙的滋味，這種水果對口味較甜的西班牙人來說過於苦澀，因此貝倫加麗亞始終無法習慣。

我的未婚妻熬著，等待我給她一點關注，然而，人生的定律就是如此，只有母親才能享有兒子的第一個眼神。與艾莉諾灰色的眼神交會的那一刻，過去的時光突然湧上心頭，我懷念起出發前，也許是更早之前獨來獨往的日子。原本因母親平安來到墨西拿而鬆懈的神經與相聚的喜悅消失了，只剩下尋找避風港的強烈慾望。這種遍尋不著的哀傷，這種被迫尋覓遺失寶藏的遊蕩讓我義憤填膺。也許每個男人的一生中，都會有這樣的時刻，望著母親卻感覺到無比孤獨。我很確定，這種哀傷在母親踏上回程的船隻時就會消失。

侍僕們開始清理桌面。我們回到起居室，用香料調味過的蜂蜜已在那裡等著我們品嚐。艾莉諾用手指蘸了一點，看似滿足，我不禁幻想，她曾經是個什麼樣的孩子。她和一名官員討論著明日造訪甘蔗園的事宜，據說地中海的小島上種植了這種植物；她還想看看香料工坊，把一箱箱的香料帶回法國……充滿好奇心、永不滿足現況、一國之后、心志堅定、足智多謀、比身邊所有的男人都要英勇，還有她身上帶有的神祕感，這就是我對她的印象；而一旁的貝倫加麗亞忍受著高溫的氣候，如坐爐火之上地待在我身邊，只能以懇求的笑容表達心情。我明白要等到清晨走入果園時才能和艾莉諾深談。於是我放棄了這一局，把話題轉向貝倫加麗亞。

「那女孩怎麼樣了？」

「她是納瓦赫人。」

「她會習慣的。聞聞這檸檬樹的味道……這酸味還真刺鼻！這裡沒有阿基坦的味道。說到阿基坦，你的弟弟，約翰，現在變本加厲，處心積慮地要奪取阿基坦。正如我當初的預測。好了，別這麼緊繃。你只要專心出征就好。你要去探索東方世界。」

「好的，母親，東方。」

「東方，你對那裡有什麼想法？」

「哈丁戰役。您知道那場戰役的事嗎？」

「說來聽聽。」

「我們的軍隊在岩石山上紮營，周圍遭敵軍封鎖，沒有辦法靠近湖泊。他們一整夜滴水未進，馬匹也無水止渴。薩拉丁命令士兵裝滿上百袋的水，待烈日高掛天空便放火燃燒我軍周圍矮林。濃煙嗆鼻、高溫難耐、一片慌亂……他們快速瓦解了我方軍隊，兩萬名士兵就地處決。」

「然後他攻佔了我們的城市。你忘了說這件事。提比利亞（Tibériade）、凱薩利亞（Césarée）、雅法（Jaffa）、拿撒勒（Nazareth）、亞實基倫（Ascalon）……阿卡的聖若望。還有耶路撒冷。哈丁一役讓薩拉丁重振旗鼓。理查，戰爭對你而言有什麼意義？什麼樣的戰爭是你不敢挑起，卻在其他戰鬥中反覆演練的？」

「據說薩拉丁在佔領耶路撒冷時，放走了基督徒。」

「然後把教堂變成馬廄。」

「母親，這些穆斯林都是強大的戰士。我們不能否認這一點。他們也都是醫生、數學家，也是耕耘文字的人。我們都是愛書的人啊。」

一陣旋風捲起，我似乎喚醒了某個超乎我能承受的龐然大物，這是我第一次與她爭論。有些風暴就像深邃的眼眸，把平靜藏得如此之深，以至於沒有任何憐憫可以觸及。艾莉諾看了我一眼，我卻在她的權威、沉著和我剛才引發的風暴之後，看見了她的恐懼。我從未見過那種恐懼，也許是害怕我死去，或者是憂心著在無數的考驗後依然在前方等待我們的挑戰。這層紗在短瞬間便消逝，似乎又是一個平靜的清晨。母親舉步走向果園，彷彿沒有發生任何事。

「你要前往阿卡，我們的人已經圍攻那座城將近兩年了。那座堡壘十分堅固，駐紮的軍隊也富有實力，城內物資充足，薩拉丁仍在堅持抵抗。援軍自義大利、丹麥、匈牙利、英格蘭、法蘭西而來，連聖殿騎士也來了，卻沒有改變情況。薩拉丁步步逼退，阿卡城也堅守不破。我們的士兵已斷糧，只能咀嚼植物根、吞食馬肉。他們正引領盼望著你的到來。」

§

最先映入眼簾的是矗立於敘利亞沿岸的麥爾蓋卜堡（Marqab）。我的船沿著它的外牆航行。這座城中駐軍千人，還有足夠食用五年的糧食。堡壘建於山背石脊上，居高臨下。我掠水而過，行經我的夢想。我沒有要求靠岸，只留在甲板上，有時夢想只是為了讓我們看上一眼而存在。後來我才知道麥爾蓋卜堡為醫院騎士團所有，薩拉丁沒能攻佔。那天起，我遇見的城堡都令我想起它，一座壯麗的石造堡壘，伸長脖頸探向天空。幸運的蒼穹朝下觀望這些堡壘時，看見了什麼樣的景色？一張臉。兩道環型圍牆連成一張大嘴，深邃如黑眸的高塔，無底的溝渠由細長如睫毛的石道連結。

工程師告訴我，這些基督教稜堡應全數歸功於穆斯林。我們只是模仿了他們的技術。我想起了安提阿和它高聳的城牆與四百座塔，想起從未取下的大馬士革，以及路易僅圍攻四天便撤退的往事。每個夜裡，我都在火把的微光下設計我的蓋亞城堡，總有一天，我定會付諸實行。我在船上見到的夢想將會成真。

一一九一年六月八日，在歷經彷彿沒有盡頭的航行後，阿卡沿岸的人已可見到我帶來的二十五艘軍艦、上百名騎士與座騎、投石器、美酒、八個月的物資和充足的飼料自海平面那端浮現。數千名憔悴的人站起身，顯得有點侷促。不久後，我的名字在口耳之間翻了幾轉，最後在這片悲慘的營區上爆出。腓力普的人也佔領了這座城，但他從未得到同等的待遇。喇叭聲響起，火光照亮鼓躁的人們。聖殿騎士在碼頭棧橋上排成兩列。我們踏上陸地。被抬起的梅卡迪耶手上已晃動著一桶酒。我沒有移動，站在碼頭上估量著眼前那雄偉壯麗、堅守難摧的敵人。

阿卡城，我總算見到你了。一如傳言所說，這裡的岩石有如林木般生長。讓我好好探索你的一切吧。你的側面建在斜堤之上，我的工兵無法自底層掘土讓城牆坍落。我猜那扇厚實的門之後是個彎角，因此我無法以攻城槌衝撞。也許，你早設想了斜堤的坡度，防止馬匹奔馳。可能性很高。

堡壘的南端背倚地中海，形成天然防護。北面和西面的城牆接成一個直角，中間建了一座名為詛咒之塔的塔樓。東面的城牆由一塊巨大的岩石保護，另一座塔樓——蒼蠅之塔就建在這裡。堡壘共有兩座城門，第一道門通往海港，第二道通往船隻停泊的港灣，面對可怕的西風。看來，你很有效地利用了風、海和石頭抵禦外敵。

你的城牆有好幾層厚，射擊口位於高處，便於瞄準地面。遵循傳統文化，堡壘之內沒有主樓，但分層防禦系統確保了無人能靠近你。

城牆後方想必有好幾條水道、地下儲水殿、管道和儲糧倉，還有歷經兩年圍城幾乎沒有被削弱的上萬名士兵等著把我們碎屍萬段。

總之，你的每一處規劃都在防範敵軍穿透城牆。你懂得如何自保，懲戒所有正面攻擊的人，也擁有許多藏身之地和計謀，你的耐力成就了你的力量。這樣很好。我了解這種習性，是我母親的模樣。

所有人僵直不動。我的聲音蓋過了眾聲喧嘩。這聲音與出征前制定仲裁條例的聲音相同，威嚇的程度足以使那些訕笑的士兵在烈日下曬成洋娃娃。我要所有工程師立刻開工，立即、馬上。裝上投石器和攻城塔，卸載我從墨西拿運來的磨石。所有駐守岸邊的聖殿騎士全都召回增援。我要測量員、木工全都上陣。為他們穿金戴銀，換取他們所有的知識。所有靠近的船隻必須全數擊落。清點所有戰俘，把有知識的人都帶來。違命者誅！

當天稍晚，上百名大鬍子站在我面前。梅卡迪耶監看著他們。這些人都將為我所用。我要把他們的技術帶回法國。他們懂得挖掘、打磨以及設置路障。這些人大多是裁縫、鋼鐵技師或鐵匠，但也有醫師、數學家和軍事家。其中一人徹夜為我解說如何做出大彎刀。

旭日升起時，我已經學會製作這種堅固的鋼刀了。我為這人準備了火和大盆，他教我的人如何混拌、鍛煉再鑄造鐵碳合金。另一個名為哈金的人是個醫師。他的聲音低沉。我要他巡視軍營，為士兵治病。我在遠處看著他屈身貼近病重的人，撐著他們的脖頸，專注地、溫柔至極地做著一些我不懂的動作，並拿出藥瓶和藥劑。環繞他周圍的卻是鐵錘敲撞、士兵呼喊和拉起圍欄時繩索發出的吱嘎聲。工作坊中傳出濃烈的皮革氣味，幾乎讓人以為是尿液。一座帳篷下，幾個人正繪製設計圖，做出驚人的器械。他們仔細計算著平衡、位移和配重。而後器械便逐漸成型，每個都和家鄉的教堂鐘一樣有著自己的名字。大型的投石器名為壞鄰居、鉤梯喚作貓，我下令攻城時，就像指揮著一隊嘉年華隊伍。投石器拱起身子吐出石塊，操作方法便捷、靈活，士兵得以日夜不停裝填，必要時甚至能持續數月。攻城梯架在堡壘角落，以獸皮覆蓋，避免遭到敵軍自城牆上丟下的希臘火㉒攻擊。攻城塔步步逼近，一座倒下，另一座便自後方補上。攻城至今，我方對城牆每一處缺口的攻擊都遭到薩拉丁的軍隊阻擋，來自埃及與摩蘇爾（Mossoul）的援軍起了很大的作用。然而，我的士兵們堅持進攻，毫不留情地射擊，已逼得薩拉丁失去了海洋的控制權，也因此失去補充城裡物資的管道。同時，也由於缺水，他無法將土地澆成爛泥阻礙攻城塔前行。

一天夜裡，薩拉丁決定直接對圍城的武器發動攻擊。他潛入軍營，警報聲大作。我自床上跳起，與腓力普和梅卡迪耶會合。然而在我們趕到現場時，敵軍已被我們的前鋒士兵擊退。

我給薩拉丁捎去信息，要求會晤。他拒絕了。

於是，我們的投石機開始拋擲巨石與腐肉。腐爛的牛隻和馬匹屍體在空中漫飛，有時會有幾隻腿脫離掉落，但更要緊的是能投到牆的另一端傳播病菌。接著，我請測地員研究城內水井分布位置，以便投入毒藥。腓力普多番嘗試干預我的計策，提出了幾個建議，更企圖指揮我的兵力。其實他大可省下力氣。我那美麗的堡壘終將屈服。只要反覆攻打、投石擊牆，不出兩個月，它便會露出疲態了。我從西西里島和賽普勒斯劫來的物資充足，人力、彈藥和糧食都不缺，而且我們有的是時間。薩拉丁對此清楚的很。但他還是頑強抵禦。然而，這項決定與阿卡城的城主相違，他祈求著薩拉丁放棄。

㉒ 希臘火是一種軍事武器，據說是中世紀時拜占庭帝國的人以硝酸鉀、松節油、石腦油、木炭、硫磺甚至是原油等化學成分依特定比例混合出來的易燃液體。

七月十二日，我收到來自阿卡城的訊息。城內的居民背著薩拉丁前來投降。後者見我們的旗幟突然在城牆上飛揚驚恐不已。身為一個重視榮譽的人，他終究順從了民意。他拔除軍營，退到通往塞弗利斯（Sephoria）的路上，退避三舍。我不插手干涉，只安排了我們會談，為我的勝利制定停戰協議。

雙方終於短兵相接，夾在我們之間的是已被攻破的阿卡城門，落地的碎石有如臟器四散。風吹起黃沙，發出低鳴。薩拉丁和我自隊列中走向彼此。兩人的馬匹緩步向前。軍隊在我身後警戒，梅卡迪耶站在最前排，隨時準備出手。腓力普眼神陰鬱、怒火中燒。他多麼想站在我的位置啊，但破城的人是我，敵軍想見的也是我。

薩拉丁騎到我面前，他的身型削瘦，身著藍袍，頭上頂著纏頭巾。我們的座騎在交會後停下腳步。我們面對敵軍輪流發言。從我的角度只能看到他的側臉。他的眼神停留在遠方，而不是看著我的軍隊。面無表情、眉毛細長、皮膚黝黑、雙頰下陷，再加上一臉棕色的鬍子。是他了。我率先發言，聲音不如我預期地堅毅：

「阿卡城上繳城中所有物，包含船艦和其餘軍用物資。我要求二十萬枚金幣，釋放一千五百名基督教戰俘，並歸還先前繳獲的真十字架㉓。這是我停止圍城的條件。」

他的眼神似乎遺落在遠方，有意無意地聽著我說話。一片沉默之中，他旁若無人似地喃喃說道：

「您就是獅心王理查啊。您的事蹟就連我的人民也口耳相傳。偉大的戰士、偉大的騎士。我想，您應繼承了勇猛的血統。我也聽過您母親的大名。」

「阿卡的聖約翰在我手裡。」

「不好應付，對吧？不是一座人人都可得的城。需要一點時間、一些智慧才能靠近。」

「薩拉丁，請恕我直言。您已經輸了。」

「還不能下定論。」

他回過頭看我。這時，我才發現他病了。他的眼框上圈著一道黑線，眼裡佈滿血絲。我敢說，繞頭巾下應該沒有任何頭髮，一如他戴著手套的手上應該沒有指甲了。我認得這病狀，他帶走了我為數眾多的士兵。除此之外，我也認出了在他身後監看的身影是他的弟

㉓ 薩拉丁在先前的哈丁戰役時曾取走基督教部隊攜帶的真十字架。

弟。薩拉丁順著我的眼神望去，而後拽住了轠繩調轉方向。

那天夜裡，我把哈金送到他的營地。

§

兒子，你好啊。看來你的東方之夢已經實現了……然而，你還是得小心不切實際的幻想。他們聲聲呼喊的 jihad 讓你著迷，但它的政治目的往往遠超過宗教意義。薩拉丁也許十分虔誠，但在我看來，這場所謂的聖戰更像是爲他的個人理想而服務。信仰讓他的軍事行動有了依據，甚至是奪取城市或確立他至高無上的地位。這個人學問淵博、勇敢無畏、倔強難馴，對信仰的意志堅定。然而政權與宗教終究是無法分離的。

母親，如果事情其實沒那麼複雜呢？我們是否可以相信基督教徒與穆斯林能成為一個聯盟？這裡的人經常提及一位位高權重的穆斯林曾經造訪我們土地的事。他發現人民可以保有自己的財產，抽取的稅也少之又少。我記得他甚至說過這樣的話：「穆斯林讚賞那些法蘭克人的所作所為，儘管他們是彼此的敵人。」

你說的這人名叫伊本・朱拜爾（Ibn Jubayr）。他到麥加朝聖後，回程的路上的確行經基督教地區。他稱基督徒爲「豬」。我從當時在東方收到的訊息中也曾看過他們稱我們爲「狗」。而你那位親愛的薩拉丁更曾在給葉門酋長的信件中提到：「我們必須全心全力對付那些被詛咒的法蘭克人。」

我們把可蘭經譯出，不就是為了顯示出聖經的優異？母親，克呂尼的修道院長曾說：「無論穆罕穆德的錯誤在於他是異端或是異教，我們都必須抵抗。」

理查，這便是我推崇信仰卻厭惡宗教的原因。前者使人偉大，後者讓人瘋狂。信仰是個人的問題，所謂個人，意思就是非眾人之事。唯有宗教才會決定個人內心深處私密的信仰必須從心裡走出來，成爲管理他人的系統。當有人決定個人的感受必須成爲法條規則時，便是眞正的褻瀆。到那時，只有宗教能讓暴行變成一件好事。我們的後人會確認這件事，並因此感到痛苦。我承認，jihad這個概念雖然暴力，至今卻總是爲以榮譽爲重的人所用。贊吉[24]、努爾丁[25]或他們的承繼者薩拉丁與弟弟阿迪爾等聰明又有教養的戰士。他們虛僞地把宗教當作征戰的理由，這一點無庸置疑，但至少他們是正面迎戰、英勇無畏的戰士。有一天，當jihad的思想傳至其他人手上並爲他們所用時，情況就危險了。那些人會躲在山洞裡吹噓自己的勇氣，甚至不敢直視受害者的眼眸。大多時候，瘋狂的念頭都是來自閱讀的人，而不是文字本身。薩拉丁和他的人是懂得解讀文字意義的人，若是由其他人接手，又會如何？

您不能無視那些也作為清真寺的教堂，還有耶路撒冷的猶太區、伊斯蘭區和基督教區。

天眞的孩子！寬容是歷史中所有意外的源頭，或可說是務實心態的詭計。世上沒有什麼是長久不變的。宗教只能容忍同道之人，它要的是同一。這又是另一個和信仰最大的差別。信仰不在乎差異，因爲它深植於每個人靈魂深處，無聲無息地在規則之外綻放異彩。你也看到了吧，宗教爲了把個人的信仰外化、具體化而制定了規則。隱藏的事永遠不該流露於外，偉大的事總該在內心深處、在看不到的地方成就。若有一天，人們必須坦白所有心事，把一切攤在陽光下，人性終將殞落。失去祕密的人便會失去力量。

這就是您從不讓人理解您的原因？就是您只下命令的原因？還有只讓詩人吟唱，自己卻從不開口的原因……？

數月後，我將會思念母親。我，這個從沒當過男孩的我，會像個要求童年的孩子一樣討著我的母親。我的人生將有一些片段被剝奪。我，一國之主，將會在那麼多的夜裡像個遭到掠奪的受害者要求正義般，呼喚母親的名字。

然而，在那之前，就讓我享受當前的碩果。攻下阿卡城後，我成為聯盟軍隊的眾王之王。腓力普無法忍受這個事實，因此決定返回法國，不再前行。我陪他走到碼頭上，兩人

㉔ Imad al-Din Zengi，1085-1146，統一了穆斯林敘利亞的三個主要國家——阿勒坡、大馬士革與摩蘇爾的突厥人將軍，建立贊吉王朝，並以 jihad 為號召，成為伊斯蘭世界第一個反攻十字軍的領袖。

㉕ Nr ad-Dn，1118-1174，贊吉次子，被稱為「正義國王」，在父親死後統治他的王朝，並持續領導反擊十字軍，為薩拉丁的作戰鋪路。

望著船艦。船帆顫動的幅度不大，看來這趟航程將不會有太大的危險。

我們已有好一段時間不曾對話。就在他踏上甲板前，我們交換了幾句，字字尖銳刺人，足以釀成大災。我直言道：

「腓力普，你怕我殺了你。要是你敢動阿基坦，我就會這麼做。」

他緩緩轉向我。他明顯瘦了許多，也剪去了金色的長髮。對我來說，現在的他只剩滿腹心酸。

「你故意不讓我參與決策和對戰。我看著你做這些事，因而失去了威信。我也因為你的拋棄失去了一個原本應該當皇后的姐姐愛麗絲。理查，光是贏得戰爭是沒有用的，你也應該學會謙卑。」

「不准碰阿基坦。」

「你說的是阿基坦的艾莉諾吧。拜託，你是英格蘭國王。放心吧。我不會碰她的。」

我知道他在說謊。我感覺到那條暗影串成的綢帶在我內心幽遠之處飄起（它從哪裡來的？我很確定我已經把它留在某個岸邊了。）它們逐漸增厚，直到覆蓋整片天空，在那晦暗之中，彷彿有對眼睛，我敢說它們帶著一圈蛋白色調，那是身為國王的父親綠色的眼神與母親灰色的眼神對峙。綠色與灰色、沼澤與鎧甲、樹根與暴風，而我，站在下方的我正面對步步逼近的濃霧。它包覆了我的寢息，注入憤怒且危險的情緒，令我全身僵硬，再灌進叛亂失敗後母親被鍊鎖在索茲斯柏立高塔中的影像；母親在她的土地上，意識到自己將遭攻擊；母親嗅到危機也預見了這一刻，她當然有反抗的能力，可是卻遭受腓力普威脅。我忘了阿卡城的勝利，忘了所有讓我成為高貴之人的一切。

我轉過身。

連日來，我任由它吞噬我。直到我來到懸崖邊上時，我召集了所有部下，命令他們處決阿卡城內所有成家的人。我無視眾人的驚恐，某些人，例如梅卡迪耶更是驚愕失色。我知道，那些人裡有丈夫、妻子和他們的孩子，近三千多人。這一次，我幾乎是大吼著要他們把人帶來，就地處決。我要所有有家庭的人都下獄。

士兵進到城裡時，居民憂心地看著他們。我與薩拉丁的協議包含保證不取任何人性命。然而當他們看到士兵們列隊佔據阿卡城中所有的戰略點時，不免心生懷疑。賣草藥、珠寶和水果的小販收起他們的攤子。廣場上空無一人，僅剩遮陽的篷布在暖風中輕飄。一隻狗玩弄著紅石榴，咬得地上滿是汁液。我步上一道佈滿沙塵的石階，走過一扇又一扇木板門，路上一片寂靜。我隨意挑選了一戶人家，強行開門進入，尋找一個房間，任何一個都行。房間位於二樓。我在一張雕著蛇的扶手椅上坐了下來，猶豫了一下是否打開一旁鑲有珍珠母的大箱子，而後又放棄了這個念頭。天花板上垂下的白紗有如一層薄霧，後方隱約可見一張大床。橢圓形的窗框上是木頭雕成的花邊，從這裡我可以看見部隊所在的廣場。我探出身子，示意他們開始行刑。

處決開始。我坐在房間裡，寶劍躺在我的膝上。我時不時伸出手撫摸它。儘管背對著窗戶，廣場上的聲音仍衝著我而來。刺耳的尖叫聲、試圖阻止士兵動手的人的呼喊、孩子被刺穿時的沉默。遙遠的海面上，父親轉過身。陰暗的綢帶越來越細，越來越遠。我等著它們回到巢穴之中。我像個守候朋友的人一樣等待戰火燃起，那是世上唯一一個能用行動掩蓋記憶的時刻，也是我和我的寶劍可以自己決定命運的所在。

命運這時由梅卡迪耶呈到我手上。他捧著一個紙卷。那是聽聞我屠殺城內居民的薩拉丁來信了。他定好了復仇之地，我們將在阿爾蘇夫（Arsouf）北方一片平原上交戰。那片平原被森林環繞著，一直延伸到海岸。我站起身。重生的時刻已然來臨。然而，梅卡迪耶卻緩慢地移動著，不想引起我的注意。我曾看過他爛醉如泥、憤怒、滿身是血、身著鎧甲、裸身、笑倒在地、壓在女子身上或獨自一人，卻從未看過現在的模樣。他的眼神裡充滿了暈眩與疲憊。梅卡迪耶才剛手刃了三千個家庭的性命。

「我只處理了男人，」他嘆著氣，「處罰我吧，我沒有遵循您的命令。但那些女人和孩子，我下不了手。」

我掐了掐他那比我寬闊的肩，朝著露台走去。梅卡迪耶的聲音仍在耳邊迴盪。那嘶啞的聲音，我再熟悉不過了。此刻，那個聲音破碎了。

「我的王啊，我不知道腓力普離去時發生了什麼，然而您的步伐就像個宣戰的人。您的確也這麼做了。面對我們的所作所為，薩拉丁不可能保持冷靜。您要的是正面對峙，方才也已如願，但那是用多少代價換取的？您要怎麼面對那些被開腸破肚的孩子和鮮紅的牆？如今路上已血流成河。」

梅卡迪耶，我很好。我早習慣這種事了。我是在憤怒中長大的。我知道如何在它釀出的自責中自處。我會握著劍前行。一如既往。我會想著艾莉諾的英勇，這麼做就能產生一股由憂慮和安定結合而成的力量，足以讓我傲然挺立。戰場上，我會讓弓箭手作前鋒站在騎士之前。聖殿騎士在右翼，也就是南端，與普瓦圖男爵共進。我帶著英格蘭兵力待在中路，後方是法蘭德斯的軍隊。左翼由醫院騎士團負責。我們會頂著寬大的杏形盾和代表我們王國的顏色，以緊密的陣型直線前進。薩拉丁會在清晨發動攻擊，在烈日中進攻。他會派出小型戰隊，接二連三地攻擊弓箭手，而後是騎士。我的策略是：以靜制動。頑強抵抗，並儘快補上兵力。薩拉丁的戰隊很快就會變得暴躁，攻擊的次數會變多，每一次的人數也會增加。他們會帶著斧頭衝鋒陷陣，會試著繞過我們的左翼，也就是平原上最開放的區域。可是醫院騎士會遵循我的命令，在每次進攻之後重新整隊。他們會在馬上搖晃，卻仍會緊抓著傷痕累累的盾牌和聞風不動的長矛。此時，我會感覺到士兵的不耐，以及男爵們疑惑的眼神。有些人會開始對我不滿，喊出他們的疑慮。但我不會動搖。沒有人會理解我是在等待穆斯林軍隊最靠近我們的時刻，等待他們鬆懈，這時，我便會高舉長劍。我會振臂高呼，馬匹便衝向前去。我的軍隊會成為一體，抖擻精神，一道由色彩和鋼融合而成的波動湧現。我們會在敵人的視線中看到一閃而過的驚訝。這將是多麼猛烈且卓越的一擊，就連丘陵上的薩拉丁都會為之讚嘆。

我們當然會打贏這場戰爭。

將會有這麼一天，我會沐浴在港口醉人的陽光下，享受勝利。那將是最美好的，無喜無悲。勝利的模樣和世界如此相稱，牢牢地嵌在其中，沒有人能撼動它。

這三天來，哈金都在診療傷患。他溫柔地吟唱著，小心翼翼地修復四肢、縫合傷口。他拯救的生命比整個軍營的醫生加起來還多。他看上去疲憊不堪。他知道我們將進軍耶路撒冷，試著從薩拉丁手中搶回這座城市。前方有一場壯烈的戰爭等著我們，這一次將比我們知悉的所有戰爭都要暴力。哈金要求和我對話。儘管身披污穢的長袍，我眼前的這個人仍顯得幹練而莊重。他在一只箱子上坐下，雙手平放在大腿上，雙眼盯著地板，低聲說道：

「國王陛下。您將為了爭得耶路撒冷而戰。您要是贏了，我就等於背叛了我的同胞，勝利的苦澀將會逼得我走上絕路。反之，要是輸了，我的同胞也將取我性命，我同樣是走到了盡頭。所以，告訴我您想要什麼吧。」

我和哈金長談了一夜，談論我倆的差異。他回答時的態度總是謙遜有禮且充滿耐心。我無意改變他的信仰。我對東方世界的嚮往遠超過對人民信仰的興趣。我從這段談話中獲益良多，不只一次我都想提筆記下，以便寫給母親。哈金坦白對我們鬆散的道德與殘忍感到震驚，且無法接受上帝之子竟是女子產下的。我則對此地的一夫多妻制表達反對的意見，並反問他若砍下的是敵人的腦袋是否就不殘忍，若男人和天神們不是從女子雙腿間出生，該從何而來？他沉默了一會兒，我們才接著討論。當我提及在我的國家，大教堂的色彩斑斕，從早到晚人聲鼎沸，既是行人往來之地，也可作為市集場所，人們在這裡歡唱、叫賣時，他驚訝的模樣讓我禁不住笑了出來。我進一步說明教堂、墓地和廣場三個場所在西方的城市裡是可以自由進出的。儘管他表情猙獰，我還是描述了那些在墓地狂歡的晚宴。

隔天清晨，我們站在漫天塵土之中，自帳中走出的騎士們在陽光下抖動身體。哈金牽起我的手，用他的語言對著眾人喊話。他時而停頓，望向遠方，而後又重拾語句。他的演說聽起來像是某種承諾，我不懂內容，只聽見他的聲音顫抖著。我沒有打斷他。最後，他親吻了我的手。

兒子，事出突然，我趕緊自赫瑞福的修道院裡給你捎信，好讓你能及時反應。你必須回來。我把此番征戰拖延至今的原因歸於寒冷的季節。你的決定是對的，等待寒冬離去後再行動。我記得很清楚，那裡的冬季滿地汙泥，而雨水總是不利於長途征戰。可是現在沒有任何藉口了。約翰和腓力普結盟對抗我們。他們對外散播你不會回來的消息。他們和彼此的封臣十二月二十五日在楓丹白露聚首。多麼處心積慮的聖誕禮物啊……他們將入侵英格蘭，竊取你的皇冠，接著侵略阿基坦。

我試著和約翰保持聯繫，但近來已越發困難。他知道貝倫加麗亞尚未懷孕，沒有任何繼承者擋住他的去路。你是英格蘭的國王、阿基坦的公爵。回來吧，否則我們將失去一切。

我放下信，感到雙唇乾澀。風拍打在我的後頸上，每一下都是年輕氣盛的主宰者不願妥協的意志。還有那些小石子，和阿基坦的一樣事不關己。我這才明白，遠行不代表遠離。

我的艾莉諾感到憂慮，這一點也不像她，但她敏銳的神經卻一如往常。我在這裡、在戰爭之中得到的平靜並沒有逃過她的雙眼。

一如我所料，腓力普欺騙了我。他和約翰企圖奪走我的王國、我的寶座和母親的安寧。她會用盡全力抵抗，直到可以再次做她最擅長的事，統治。我是阿基坦公爵和英格蘭國王，誰敢輕易冒犯生我育我的女人？誰敢讓我看到她脆弱的一面？怒火升起，彷彿是母親撫摸著我。回憶湧現。這一擊來得如此突然，令我感到一陣暈眩。濃霧中，艾莉諾指向一片田野，對我講述她的普瓦圖的歷史。她的雙頰因策馬奔騰而泛紅。當時的我十三歲，自恃甚高。一下是那首讓瑪蒂爾德臉紅的詩句；下一秒又是普瓦捷公爵宅邸大廳中的氣味，餘燼和蘆葦的味道，或我們房間裡散發的百合香，甚至是艾莉諾照看重病的威廉時的琥珀香氣。而後是和父親結婚時髮絲間的金線與紅色的禮服，沒有人膽敢冒犯的母親。

於是我心中的幽靈慢慢現身，我的兄弟姐妹共聚於此，譴責弟弟的罪惡。他們低聲說著，艾莉諾不是孤身一人，因為我們也在。我們走在她的身後。我闔上那封信。眼前的這場戰爭將會洗刷屈辱。必須是耶路撒冷。必須是一場激戰，所以也該瞄準最多人覬覦、最難取下的目標。然而，歸根究底，無論敵人是誰或進攻哪一座城市，只有我自己才清楚背後的意義，只有我自己知道，我的每一擊，都是向我的誓言致敬：「扶起那毀壞的，守護仍屹立的。」

§

理查，在你準備這場偉大的征途時，沒有任何心思分給我。可我應當是你的未婚妻。你還記得我嗎？我是愛麗絲，你故事裡的幽靈，沒有跟在你身旁的那個。沒有在你身邊的那些人也無視我的存在。就連詩人也不認爲我的故事有傳說的價值。我沒有留下任何痕跡。然而，我可是法蘭西國王路易七世的女兒啊。也是被應許予你的妻子。你的人生道路上，沒有我的一席之地，我什麼也不是。我是被許配給你——英格蘭國王——的公主，但我卻不存在。只因我十二歲那年的一個晚宴後，你父親來到我的房裡，理所當然地、不用任何蠻力地把我放在床上。我沒有喊出聲——沒有人能抗拒金雀花。你父親做的事很快就傳遍整個王國。教會的人選擇噤聲，我的家人也是，而你，我未來的丈夫，將我從你的生命中一筆劃去。沒有人再提及此事，彷彿這場罪行從未發生。

那一晚，在你父親離去後，我脫去身上的裙裝，喊來侍僕，如往常般準備上床。但我再也無法睡在床上了。許多人嘲笑我，你大概也知道：我把毛毯放在床腳，以地爲床。有時，當我記憶中你父親的喘息聲過於刺耳時，我會披上斗篷，拿著蠟燭離開沉睡中的城堡。我出門尋找椴樹。這種樹對身心有益，會分泌樹蜜，樹皮和枝幹的質地較軟，經常植於痲瘋病院和醫院旁。我躺在樹下，在地上等待進入休息的狀態。在這裡，沒有人能翻轉我的身軀和我的生活。

我等著你替我報仇，可是你對金雀花發起的叛變與我無關。你攻擊侵犯我的人，爲的不是對我的愛，而是對母親的愛。我不會因此感到心酸，這麼做太愚蠢。艾莉諾的地位遠勝於我。我還記得和她一起被囚禁在索茲斯柏立塔的日子……她一個手勢就能把我變成雕像。她擁有這種令人不敢動彈的能力。還有在嚴以律己的人身上總能發現的尖酸刻薄，我想也不難猜測吧……我如何與她匹敵？我屬於那種準備鼠尾草浴、監看廚房和遙望馬匹歸來的女人，天生註定要照顧丈夫，而不是向他發起叛變。我這樣的女人，是食人魔大快朵頤的對象。能和金雀花抗衡，又能抓住你心思的，只能是艾莉諾那樣的女人。我打從起跑點就輸了。然而，我對這些皇后的存在仍然心懷敬佩。每個人都該佩服自己沒有的。

我只擔心，你對艾莉諾的愛終究會把你壓垮。花了太久的時間尋找目光注視的人容易迷失。而她的雙眼戴著鎧甲，總是因爲害怕付出而自我防護。我看見你屢創佳績、突破自我並對父親發起難以想像的攻擊；你總是不滿足，就如這回，在取下阿卡城後，你還要耶路撒冷；我看見你孤身奮戰，一如既往。我知道，無論是悲傷的或理直氣壯的，在這些踰越常軌的行爲之後都藏著你的焦慮。你害怕母親會轉身離去。理查，小心對待你的期待，小心艾莉諾那灰色的眼眸。

我在這場激戰爆發前夕對你說出這些話，目的在於把我僅剩的一點勇氣送給你。儘管我的身體污穢不堪，儘管我在法蘭西島上的宮殿裡度過了悲傷的童年，我還是要爲你送上一點勇氣。我沒有什麼事好說的。現在的我隱居在法國的一個小城堡裡，被椴樹圍繞著。我做些針線活、照顧菜園。我會訪視農民，幫助有需要的人。與你的回憶，以及我們若是成婚後可能擁有的生活伴我渡日。我不是一個喜歡談論自己的女人，但有時過往的點點星光會穿透當下，進入我的眼簾。它們就像水裡的一顆石頭，躺在我生命的底層，爲表面染上特殊的色彩。悲傷不是負擔，反而爲我的存在披上一層以安適的暗影織成的絨布。我沒有任何榮耀或聲譽可以送你，多麼希望能伴你一起出征東方世界；但如今我做出的讓步也已成爲一股頑強的力量。所以當我看到你站在爐火前讀著母親的信時，我也在你們的故事中佔了一席之地。我為你獻上我的悔恨，那是我僅剩的東西了，再加上我的解除婚約的意願，願這份頑強協助你。眼前的戰爭將掀起一場腥風血雨，你可能就此送上性命。這是一個囚徒，一個唯有你能從地上拉起、帶回床上的人最後的舉動：願我所有的悲傷伴你前行。

§

幾個星期以來，我們在耶路撒冷外圍打轉。這裡的山丘土地貧瘠，在陽光的照射下寸草不生。我站在此處欣賞城裡赭紅的屋瓦、神聖的場所，以及最重要的，大衛城的至高點，也就是城中儲水與穀麥之處——戰士永遠無法擁有信徒的眼光，他的眼裡看見的只有戰略點。高大的城牆保護著這座原本屬於我們、卻被薩拉丁奪走的城市。

我把兵力分成幾個小隊，命令每個小隊拿下一個鄰近的碉堡。我的軍隊攻獲雅法（Jaffa），封鎖往凱撒里亞（Césarée）的路，強行駐守在一個商隊站，等待攔截將運往耶路撒冷的物資。當車隊通過高挑的拱型大門時，我的部隊將會跳下石階，佔據平台，掠奪所有物資。我們現在不缺食物和水了，也有了新的馬匹。

然而，我還是犯了錯。我錯過了集結軍隊，給他們送上最後一擊的時機。在意識到這個錯誤後，我立即召回所有部隊，無奈我們之間的距離超出我的預估，他們得花上一些時間才能回到我身邊。換句話說，如果薩拉丁選擇在此時出擊，我身邊不會有全數兵力。

他很清楚這一點，著手準備攻勢。來自摩蘇爾的部隊加強了他的兵力，激發軍隊士氣。他下令砍斷城下所有果樹，封死水井。

薩拉丁選擇在破曉時分出擊，這時軍隊的戒備在通宵的警戒後鬆懈。梅卡迪耶壯碩的身形和他的睡眠成反比，總是軍營裡第一個張開眼的。粉色的天空中還交雜著淺藍色的暗點，旭日裡閃著鋼鐵的光芒，遠處傳來馬匹嘶鳴。他猛然清醒，大喊我的名字。我自床鋪中躍起。一如任何其他時刻，我的配劍始終沒有離身。但我的士兵們反應的速度不如我，只能順手抓起手邊武器。我聽見山丘後方敵軍噠噠的馬蹄聲。他們有超過五千兵力。我一眼望去，盤算著自己的失誤。我有五十二名騎士、十五匹備戰的馬和兩千名步兵。

也許，我將在此長眠，無法拯救艾莉諾了。這時我突發奇想，下令士兵以帳篷的地樁排成柵欄，柵欄後方是兩人一組的士兵陣仗。他們手持盾牌護身，另一手拿起長矛。薩拉丁的戰馬企圖自柵欄上方躍過時，他們就拿起長矛剖開馬肚。

我在每組士兵中間安排弓箭手，因人數不足，目的並不在進攻，只能逼退敵人。敵方騎兵接近時，我騎在馬匹上對著軍隊喊話，聲音傳到了遙遠的山丘那頭。我揮舞著皇室的盾型紋章，提醒他們對土地的承諾和騎士的誓言：「汝將珍愛故土。」聽到這句話後，騎士們緊握馬鞍。我一再重覆號令，不要發動攻擊，做好防禦，保持隊型，為聖劍的榮耀而戰，為我們唯一的家園而戰。

就在我發號司令的同時，薩拉丁發動了攻擊，三波攻勢，每一波各千人。我命令弓箭手移至前排。他們手上的箭由紫杉製成，帶有劇毒，這種樹一般植於墓地，加速死亡蔓延。弓箭手射出箭後退至後排。敵方戰馬躍過柵欄，長矛向上刺去，開腸剖肚。

淒慘的嘶鳴響遍大地、頭巾在飛揚的塵土折射出的光暈中飄揚，我的士兵再次舉起長矛，展開下一波攻勢。

薩拉丁發起第四波攻勢時，我衝向前線擊退敵軍。我，這個保護不了最重要事物的我，現下已成一座堡壘。我在戰場上實現生活中做不到的事。艾莉諾受到的威脅和家庭破碎的記憶激發了我的鬥志，點燃我心中駭人的怒火。第七波攻勢時，我手中的盾牌已如一堆殘木，胯下的座騎也疲憊不堪。我毫無畏懼地衝鋒陷陣，最精良的騎士尾隨在後。刀劍揮舞，騎士高聲呼喊，我們成為一道護欄。敵軍的四肢在空中四散橫飛，我們的馬匹訓練有素，看準時機抬起前腳。弓箭手在後方持續放箭，敵軍躍起時，步兵便高舉長矛。皮肉綻開的獸身半披在地樁上，形成另一層保護。我的士兵自陣亡的薩拉森人身上取得武器，沒多久便人手一個了，而我們那道以馬屍築起的護欄也發揮了作用。

我們在前線殺紅了眼。我瞄準敵人的頭部。就在我的座騎被擊中腿部而倒下時，我以最快的速度脫下馬刺，進入戰鬥姿勢。沒多久後，我看見一個身影駕著一匹好馬奔馳而來，神情無所畏懼。那是一名掌馬官。他在這裡做什麼？他的頭巾浸透了鮮血。他踉踉蹌蹌地走來，閃躲攻擊，試圖在這片廝殺中走出一條生路。他能來到我面前真是一場奇蹟。我抓住馬匹的轡繩。掌馬官在倒下前對我說明那是薩拉丁的禮物。薩拉丁從這片戰場的某處，或者高居某個丘陵之上，下令為我帶來新的馬匹。

梅卡迪耶的馬也受了重傷，因此，他也下馬肉搏。他繞著圈，一手持劍刺進敵人胸膛，另一隻手出拳揍向敵人的頭顱。他嗅到敵人來襲的氣味——預知，這是偉大的戰士該有的能力。我們的雙腳踏在和著血水的土裡。我們是怒吼的猛獸，毛髮本能地豎直。我的新馬瘋狂地打轉，我能感覺到敵人的攻擊從哪個方位襲來，手裡緊握著配劍，刺進每個敵人的喉頭。數個小時過去了，我的部屬仍未停止殺戮，後方的士兵也還在抵禦敵軍。幾個成功躍過柵欄的，男爵們便命人砍下他們座騎的腿，解決了一些不夠謹慎的騎士。戰場上的獅吼逐漸消弱成無力的貓叫。到處都能聽見我的名字和王國之名。梅卡迪耶喊著我，用他顫抖的聲音發出警告。就在我轉身望向他時，感覺到一把匕首準備取我性命。梅卡迪耶撲向那名男子，手裡的劍刺穿他的背。他站起身，從頸部抓起那具抽搐的軀體送到我面前。我認出了哈金的臉。

夕陽西下，空氣因此涼爽了一點。我們仍在怒火中廝殺。梅卡迪耶抓著一把斧頭，長髮披在背上，理所當然地少了一點精神，但銳氣卻絲毫不減。這場戰爭究竟持續多久了？我早已分不清楚。我從未像現在這樣持劍，它成了我的手、我的皮，我身體的一部分。母親是個永遠站在事物邊緣，準備好下戰帖，絕不敞開心胸的人，而我卻事事深涉其中。戰爭讓我活在當下，沒有半點猶豫，也沒有左右支絀的機會；也讓我再次想起父親，那個和母親恰恰相反的父親，無法抽離最原始的情緒，無法和眼前的事件保持安全的距離，避免自己被捲進其中成為玩物，避免被隨心所欲地壓榨、揉擰，而後推倒在地——我該如何解釋他那些爆炸性的憤怒，那些我長久以來引以為恥的行為？是的，我在這點上像他，但這種特質在戰爭中拯救了我，成為我最好的盟友。母親，別因此感到不快，畢竟要一刀剖開兩人，要耳聽八方，要擁有老鷹俯衝獵殺的本領，就必須保有衝動、膚淺、自私的特質，也就是成為金雀花。而我就是。戰場上的我就是父親的兒子，母親，原諒我，但戰爭對我而言，就是向您發出的獨立宣言。我的劍反抗我對您的愛，與我共進退，吶喊著自由。

正當我慶幸那道柵欄仍發揮防護作用時，薩拉丁的指揮官突然下令，聲音毫無預警地自空中傳來。沙啞的聲音強而有力，彷彿可以覆蓋整片地獄，我們立即明白了那聲號令的意義。

撤軍。

敵軍立即轉身離去。其餘仍在短兵相接的士兵得以保住性命了。還有一些受了傷的也往山丘上爬去。剩下一些踉踉蹌蹌走了幾步後便不支倒地。我們呆立原地，呼吸急促，武器仍戒備著。這一刻長得彷彿沒有盡頭，直到梅卡迪耶轉向我，掀開頭盔。他血跡斑斑的臉上綻放出一道大大的微笑。

我不敢相信發生了什麼事。士兵們緩步向前，滿臉憔悴，有些甚至跪倒在地。我倚著一匹死馬的側身，我的感覺似乎和牠一樣。疲憊如一道鐵幕壓向我。我低著頭喘氣，雙腳陷在深紅與鮮紅交錯的爛泥中，泥上鋪著一片片厚重的深色固體。戰後的大地。我的旗幟從容地插入這片土地。微風輕柔地撫平旗布，露出粉色的天空下那頭金獅。我抬起頭。周圍的笑聲響起，一開始是含蓄的，而後逐漸放開，直到變成雷鳴般的交響樂。沒有人再有起身的力氣，我們輕聲喊著，把頭埋進雙腿間，倒下，蜷起身子，躺平，攤開手掌，恣意且抽泣著，在月光下仰天倒頭。

收在襯衣內裏，貼著我的胸膛，隨笑聲晃動的是艾莉諾的信。

該是收拾遺體的時候了，我們的人將會得到安葬。梅卡迪耶抬了抬下巴，指出哈金的遺體。他躺在地面，背上帶著刀痕，頭埋在泥裡。我想起最後一次與他對話時，我們交握的手。他的聲音因感激而顫抖。

「也許不是感激，」梅卡迪耶說道，「而是警告，他要殺死您。」

我看著他攤在地面半開的手掌。如果梅卡迪耶說的對，哈金就是個言出必行之人。他將和我們的人葬在一起。

現在，我必須下決定。我將承受部屬們的怒火。我們不收復耶路撒冷。我們要返回家鄉。

「回去？可是，國王！耶路撒冷就在眼前！現在放棄的話，我們剛才做的事有什麼意義？」

我早料到這種情況，因此沒有逃避。男爵們堅持己見。我剛解釋了如果我們進駐耶路撒冷，沒有人可以坐上王位。他們的失望之情卻愈發強烈。他們怪我未戰先降。我試著冷靜下來，抑制我的衝動，不把他們攆出門外，立刻動身回朝。我試著讓自己的聲音聽起來沉穩一些：

「我們的確有取下耶路撒冷的實力。可是之後呢？誰來統治這裡？這裡沒有人有當國王的實力。所以，我們收復這座神聖的城市，只是為了讓別人再次從我們手中搶走嗎？我認為和薩拉丁達成協議是更好的做法。」

騷動。我聽見人群中傳來我把自己賣給敵軍的聲音，也說薩拉丁對我的影響超過我自己的幕僚。還有一些當年和我一起反抗父親的人甚至重提了我當時的惡名「Oc e no」。我起身離去。

後來，梅卡迪耶帶了酒到帳裡給我。儘管我很清楚他做了多大的努力才能表現得如此溫和，但他放置酒壺時，我仍一度擔心壺會破裂。

「國王陛下，您可以不回答我，只是出於個人好奇，想知道艾莉諾王后是否有危險？」

是的。如今的我已向自己的過去宣戰，也獲得了勝利，這個最好的我將會守護她。

然而我沒說出這些話。我的酒杯飛過整個帳篷，撞在梅卡迪耶的額上。他沒有任何退縮之意。一道血緩緩自臉上流下，他行了禮，退出帳外。

一一九二年九月二日，薩拉丁派來的使者站在我面前，提出他們的條件：和平協議將維持五年，沿海城市歸基督徒所有，同時也允許基督徒自由進出耶路撒冷。這項協議暫時勾勒出了一幅基督徒與穆斯林共處的畫面。未來人們將會以野蠻二字評論的格言「汝欲和平，必先備戰」㉖也暫時在此得到驗證。使者指向一旁箱子裡的水蜜桃、洋梨和取自赫蒙（Hermon）山上的融雪，「可以用來降低飲品溫度，」他說，「這是送給您的母親，艾莉諾王后的禮物。」

在我撤軍多年後，一一九九年的三月二十六日這天，一支箭射入我的肩膀時，我腦海中閃過的第一件事竟是：我再也喝不到赫蒙山上的雪水了。再也看不到那有如瑪蒂爾德皮膚般的雪白山頭，也沒有機會再呼吸那裡的沙塵了。想到這些，我幾乎就要笑出聲來。多麼諷刺啊！見過東方的景色、反抗過父親也擊敗了薩拉丁的我竟要在這平凡不過的利穆贊

㉕ 這句話原為拉丁格言：Si vis pacem, para bellum.

圍城攻勢中死在一支箭下。梅卡迪耶絕望的呼喊讓我睜開了雙眼。這時，我想到了她。

十字軍返鄉的路上，我被奧地利皇帝扣押。對方要求支付高額贖金，金額之高，相當於英格蘭兩年的收入……母親花了一整年，在歐洲各地籌集這筆贖金，最後成功了，我也被釋放。此刻，我被人從地上抬起時，我心想，要是母親當時能籌到那筆錢，現在也定能保我性命。真是垂死的掙扎！我把頭倚在梅卡迪耶的肩上時，想起了豐泰夫羅的修道院。我也想在那裡長眠，在那白色粉質的迴廊下。我在梅卡迪耶的耳邊說出遺願，他似乎聽懂了，像個慌張的木偶般點頭。我感覺到眼皮沉重。他們把我放到地上。我思忖著，她得知我的死訊時會怎麼想。她會感到痛苦嗎？我會不會是母親的高牆上唯一的裂縫？她會不會有那麼一點愛我？這些問題在他們為我拔出箭時閃過我的腦海，也許並非偶然，也許在我內心深處，我對艾莉諾的感覺總是和痛苦相依。他們剪開我的衣服時，我預見了未來，畫面清晰。我在梅卡迪耶的懷裡掙扎，並不是因為疼痛，而是想警告母親，要她停下所有的動作，因為腓力普將會贏得勝利。他會取得全面的勝利，他們的城堡會落在法國各地，各處都有他們的城池營壘。他會攻擊我那座宏偉的蓋亞城堡。我的船艦，我的盤石瑰寶！他會視推倒它們為光榮之舉。城裡的居民會請求弟弟約翰幫助。而他，身在英格蘭的他將會答道：「盡力而為。」而後轉身回到自己的棋局。歷經八個月的戰爭後，我的堡壘將被攻破。緋力普會踐踏阿基坦、燒毀我們的森林。一二〇四年八月十日，他會邁入普瓦捷。一切都將結束。我們的王國不復存在。然而，這並不重要。因為到那時，母親也已不在人世了。她將在豐泰夫羅，在那與她格格不入的平靜中長眠。在我身邊。人們會雕出她平躺的身子，腳朝著東方。雕像將置放在那灑著光的拱頂下。而受人喜愛卻也備受批評的大自然將環繞著她生生不息。沒想到，在我死前的這一刻，我才明白，我所謂的漠然，竟是最崇高的忠誠。而我，無知的我，顧影自憐，從未看清大自然的不離不棄。劍亦如是。母親亦如是。雕像的手裡拿著一本攤開的書，紙上無字。「這一生不過是行旅和戰爭」，詩人在她死去後哀悼。我帶著未完成的書上路，希望能寫下艾莉諾的故事。一個渴望稱王，雖功敗垂成，卻更勝一籌的女人。一個沉默寡言，卻用行動證明一切的母親。一個生了孩子也葬了孩子的孩子——一個我無力安慰的女人。我想為所有帶著令人憂心的驕傲、竭盡全力確保自己能戰勝所有悲劇的母親寫下她們的故事。我動了動雙唇，梅卡迪耶屈身靠近我，悲痛的情緒令他表情猙獰。他試著理解我的話。也許，他能聽出我誕生時的那首歌。那首說著艾莉諾和我的詩。我試著唱出它，如此便不會孤單地死去，如此，便能帶著一點點的她離去。

諸多的不幸與阻礙
未曾將他擊敗
滾滾的波瀾和驚濤駭浪；高岸和深谷；陡峭的山壁和坎坷的道路
蜿蜒的小徑
不容侵犯的大漠、怒號的狂風
在磅礴的氣旋中爛醉的雲朵
或在電光中的風暴

作者的話

這本書既稱為小說，便不是一本歷史書籍。因此敘事時的時間感都是以獅心王理查的觀點出發，再推衍出去。

這則故事以史實為根據，但我也給了自己一點自由的空間創作。例如法蘭西王室旗幟上的百合花圖騰並不是路易七世決定放上去的、多佛堡是後來才建的、「扶起那毀壞的，守護仍屹立的。」不是獅心王理查的誓言、中世紀時並沒有「十字軍征戰」（croisade）這種說法。

除此之外，也有許多是根據史實記載寫下。例如理查在東方的戰略確有其事，薩拉丁也的確用了「jihad」一詞，還有金雀花的暴怒、艾莉諾懷孕時自巴弗勒港橫渡英吉利海峽、關於威廉、艾莉諾和羅莎蒙德．克利福的故事，以及詩歌和信件內容都不是想像出來的……

讀者可以盡情穿梭在真實與想像之間，揪出這些細節。重要的是，不該完全把小說運作的機制和歷史放在對立的兩端檢視，這兩者應彼此互補。

謝辭

獻給 Olivier Roller。

獻給 Martin Aurell 和 Manuel Carcassonne。

裝幀設計：王瓊瑤
封面設計衍生自法國版，由 Lucille Clerc 設計

克萊拉・居彭墨諾

克萊拉・居彭墨諾是一名記者、小說家，曾於巴黎索邦大學修習古法語，並由替《柯夢波丹》、《瑪莉安》等週刊撰稿展開記者生涯。她已經出版過九本膾炙人口的獲獎小說，包括《茱葉特的激情》、《王說我是魔鬼》等，時常描寫關於中世紀歐洲的歷史與神話。她已數度入圍龔固爾文學獎與費米娜文學獎，兩個法國最大的文學獎項。多年來，她都對阿基坦的艾莉諾這名傳奇女性相當著迷。她目前居住在巴黎。

叛變

二〇二三年五月三十一日 初版第一刷

作者 克萊拉・居彭墨諾
譯者 許雅雯
編輯 廖書逸
發行人 林聖修
出版 啟明出版事業股份有限公司
郵遞區號 一〇六八一
台北市大安區敦化南路二段
五十七號十二樓之一
電話 〇二二七〇八八三五一
總經銷 紅螞蟻圖書有限公司
法律顧問 北辰著作權事務所

定價標示於書衣封底。

ISBN 978-626-96869-9-5

國家圖書館出版品預行編目 (CIP) 資料

叛變／克萊拉·居彭墨諾（Clara Dupont-Monod）著；許雅雯譯。
──初版──臺北市：啟明，2023.05。
224 面；12.8 x 18.8 公分。

譯自：La révolte
ISBN 978-626-96869-9-5（平裝）

876.57　　　112006390